CET ÉTRANGE DÉRANGEMENT

FRANÇOIS VALLEJO

CET ÉTRANGE DÉRANGEMENT

ÉDITIONS VIVIANE HAMY

D'après une conception graphique de Pierre Dusser
Photo de couverture : © Sven Hagolani / Getty Images
ISBN : 978-2-381-402-239

Dans les circonstances, nous nous sommes tous sentis, plus ou moins, dérangés.

Dérangés… En quel sens, dérangés ?

Dans tous les sens, et plutôt plus que moins, nous tous, propulsés dans le plus étrange dérangement.

Parmi nous, ces deux-là : Blaise Astor et Iris Bila.

À commencer par lui, le premier sur les lieux.

Non, à commencer par elle : elle semble l'avoir précédé, sur son toit.

Vous voyez, tout était déjà dérangé, quand il ne s'était encore rien passé.

Dans ces circonstances où pas grand monde n'était autorisé à circuler, un 1er mai, Blaise Astor s'est présenté à l'heure convenue, dans l'exercice de sa profession : chauffeur de VTC, en rade depuis ses débuts improvisés. Cette fois, il se croyait touché par la grâce : six heures du matin, enfin une prise en charge, en haut de la rue Soufflot, en tournant le dos au Panthéon.

Le bonheur d'aligner sa voiture électrique neuve, hors de prix et loin d'être payée, le long du trottoir, l'occasion de l'illuminer de ses feux clignotants, en position d'attente, à la minute exigée par la cliente.

Personne pour se précipiter sur la portière. Blaise s'exerçait à des coups d'œil virtuoses entre les rétroviseurs de sa Lexus blanche, convaincu qu'aucune silhouette, y compris dans la demi-obscurité, ne lui échapperait. Elle allait bien se pointer, cette silhouette… L'adresse indiquée, tout dans les règles… Et elle ne se pointait pas.

Il s'imposait de sortir à l'air libre. La patience n'était pas le fort de Blaise Astor, va te faire foutre, pseudo-cliente… Sa première course depuis une éternité, et le seul objectif de celle-là serait de la faire foirer ?

C'était ça, les circonstances.

Blaise Astor a fait un dernier tour de son véhicule, la main caressante sur la carrosserie, beau matériel, il n'en revenait toujours pas.

Aussi loin que son regard professionnel se portait, aucune présence humaine ne se révélait, tension de tout le corps pour capter un signe, un souffle, ville morte.

Là, peut-être, oui, un son affaibli, comme un appel, mais où ? Dans les hauteurs, sur ce balcon, à cette fenêtre ? Non, encore plus haut, sur le toit : si c'était la cliente, qu'elle se dépêche de descendre, comme il le lui a crié à tout hasard. Sinon, qu'elle crève, comme il a ajouté intérieurement.

Une cliente, se balader sur un toit, il n'arrivait pas à y croire. Une femme pourtant, cette masse incongrue, enfin une silhouette claire et légère, en mouvement entre deux chiens-assis, ou en déséquilibre. Une voix sortait de ce corps, confuse, hachée, une plainte peut-être, ou un appel, oui, c'était ça, un véritable appel.

Pour s'en assurer, vite traverser la rue Soufflot, se rapprocher de l'immeuble, sans perdre de vue son sommet et sans rater le trottoir – en le ratant.

Il allait se ridiculiser, le chauffeur de VTC en quête de sa cliente se cassait la gueule sous ses yeux. Cliente ou pas, l'autre, sur sa gouttière, s'immobilisait, alertée par la virevolte rattrapée de justesse tout en bas, et se taisait.

Blaise avait établi le contact par accident et venait d'être pris en considération. Il s'est concentré sur la silhouette. Ce n'était pas possible, non… On croirait… Si… Pas habillée… C'était ça, un corps animé, et à poil, là, tout en haut, rue Soufflot.

Quelque chose n'allait pas. D'accord, un 1er mai, mais frais, très frais, il s'était senti obligé de garder une doudoune sur le dos, lui.

À côté de la plaque, pauvre Blaise, comme si la question du frais ou du pas frais était en cause, quand quelqu'un se retrouve à poil sur un toit. Forcément plus grave, ce qui te pousse à six heures du matin à déambuler sur le zinc, forcément une embrouille avec un autre ou plusieurs, ou entre toi et toi.

Dans ce cas, un rôle crucial lui retombait dessus, intervenir, puisqu'il était le seul à se retrouver au pied de l'immeuble ; une femme exposée, volontairement ou non ; le devoir de lui porter secours – quand il se sentait inapte à tout secours.

Blaise Astor restait partagé entre sa tendance à l'observation prolongée et la nécessité d'engager le dialogue. Un « Faites attention » initial, suivi d'un « Ne bougez plus », confirmé par un « Attendez, je vais voir ce que je peux faire », un « Restez calme » paniqué.

La femme ne tenait pas compte de ses conseils, sortis tout seuls, des phrases toutes faites, sans aucune valeur. Elle bougeait, s'emballait sur le fil de la bordure, balançant les bras pour tenir l'équilibre. Elle cherchait donc à le garder, bon signe, l'esquisse d'une danse céleste.

« Arrêtez ça, c'est trop dangereux » : la honte de sortir une énormité, si la femme avait réellement un projet de cet ordre, si déjanté soit-il, une sorte de performance. Danser nue sur le zinc parisien… Pas le plus vraisemblable, le projet artistique.

Ou alors c'était une somnambule, sortie à poil de son lit, passée par la fenêtre d'une de ces anciennes chambres de bonne, et vaguant jusqu'à son retour dans trois minutes, fin de la crise.

Dans cette hypothèse, le seul péril était de la réveiller, comme Blaise Astor s'acharnait à le faire, au risque de provoquer la catastrophe. L'idéal serait de laisser faire. Un dieu devait veiller sur les dormeuses en promenade.

Ça l'aurait bien arrangé, Blaise Astor, ne plus rien tenter, la suivre à distance, l'accompagner mentalement jusqu'à ce qu'elle retrouve sa chambre, s'enfourne dans un des chiens-assis pour se recoucher. Aucune fenêtre ne semblait ouverte, la théorie du somnambulisme en prenait un coup, la chute restait une option.

Une cassure en lui : le sort de cette fille, à cet instant, dépendait exclusivement de lui, de sa réaction ou de son absence de réaction. Première fois qu'il se sentait responsable de la vie ou de la mort de quelqu'un. Et il était démuni. Il n'avait même pas pensé à alerter les secours.

Fatal, chauffeur de VTC, son smartphone outil de travail était fixé à son pare-brise ; pas eu le temps de le récupérer, sauf à lâcher la fille en plein déséquilibre, comme s'il la tenait à bout de bras, alors qu'il ne faisait rien pour elle, rien de rien, sauf être là, là pour elle.

C'était ça, la cassure, être là pour elle, de force, mais paralysé sous elle, et le cerveau parasité par des pensées contradictoires, roulant par vagues et perturbant toute prise de décision, lamentable.

Son regard s'obstinait sur ce corps oscillant de plus en plus dangereusement, s'imprégnait de ce qu'il considérait comme la potentielle dernière image vivante de cette inconnue.

Avant la catastrophe, pousser sa voix vers les hauteurs, ce qu'il savait faire du temps où il doublait les films étrangers, une suggestion montée des profondeurs, enfin : « Accroupissez-vous, là où vous êtes, et ne bougez plus, on va venir. »

La femme a obéi aux injonctions, une entente possible, l'envie d'être aidée, donnant corps à la responsabilité dont Blaise s'était senti investi. L'idée de l'accroupissement, bonne initiative, et après ?

La cassure en lui s'accentuait. L'homme secourable d'un côté, bravo, et puis quoi ? De l'autre côté, une perturbation plus forte que lui : l'abaissement des cuisses sur les talons à la fois masquait et dégageait la tache sombre des poils, les seins tombant et battant un instant, plus volumineux qu'à première vue. Un déhanchement s'esquissait, une lutte de forces contraires et, dans la tête de Blaise Astor, ce blanc fulgurant, comme un trou mental, un trouble, malgré lui, une curiosité érotique vraiment déplacée.

Quoi ? Voyeur, dans des circonstances pareilles ? Tu es prêt à oublier qu'une femme est menacée de chute six étages au-dessus de toi, si tu as la satisfaction de te rincer l'œil. Tu te plains de ne pas en voir assez, pas assez nettement. Tu trouves que le soleil devrait se lever plus vite. Les genoux tremblent et s'écartent pour se maintenir en position et tu y cherches ton compte, la chose cachée, le comble de la perversité masculine.

Toi qui te prétends féministe dix fois par jour, à la première occasion, tu laisses tomber les grands principes. Comportement inapproprié en un dixième de seconde, rien compris. Tu joues celui qui est à l'écoute et, dans une situation extrême, tu es fier de faire obéir une femme. Oublie ça tout de suite, reprends ta posture d'homme civilisé de ton temps, respectueux d'autrui et secourable.

Tu t'es laissé envahir quelques secondes par une fureur bestiale jamais assez étouffée en chacun, à ta place je ne serais pas fier. Non mais. Dans les circonstances… N'essaie pas de te trouver des justifications.

La femme a cessé d'obéir, s'est redressée, a repris son parcours de profil vers le coin de l'immeuble, le dernier chien-assis.

Blaise Astor était décidé à l'interpeller de nouveau, soucieux de se racheter une conduite, comme si elle avait pu attraper au vol ses pensées les plus ignobles. Il s'agissait de se proclamer chevaleresque. À la réflexion, l'image archaïque du preux chevalier valait-elle mieux que le voyeurisme le plus tordu ?

Son cri a paralysé la femme pile à l'angle de l'immeuble : « N'ayez pas peur… »

Et si elle comprenait : « N'ayez pas peur de vous jeter dans le vide, là, tout de suite… » ?

À force de vouloir jouer le sauveur, on se retrouvait dans le rôle de l'incitateur. Être responsable d'un suicide, sous prétexte d'encouragements alambiqués, Blaise toucherait le fond de la perversion.

Il s'est cru obligé de corriger sa formulation : « Non, n'ayez pas peur, on est là… »

On est là, on est là, vite dit, qui était là ?

Son morceau de phrase l'a incité à vérifier autour de lui.

En effet, on était là.

D'autres spectateurs, dont il n'avait pas perçu l'arrivée, commençaient à se presser au pied de l'immeuble et dans la rue. Un taxi rival, vitres teintées, garé derrière sa Lexus ; un coupé de l'autre côté, portière ouverte ; des piétons à l'approche, depuis la place du Panthéon et le jardin du Luxembourg, que des hommes ; une femme sortant d'un immeuble en face, la cliente de la prise en charge, va savoir.

Pas le temps de lui demander, pas approprié non plus. Elle déboulait d'un pas énergique, très remontée, comme si elle voulait prendre la situation en main, a dépassé Blaise Astor en l'ignorant, la tête levée, comme les autres, la plus remuante de l'embryon de foule qui se constituait.

Aucune précaution, tout de suite l'alarme, les mises en garde, le tutoiement : « Tiens bon... Les secours sont prévenus... »

Les autorités allaient débarquer et la femme d'en bas dépossédait Blaise du lien personnel qu'il pensait, sans doute indûment, et sans aucune efficacité, avoir créé.

La nouvelle venue, c'était le contraire, elle ne lâchait plus la femme du toit : « Contrôle... Aucun mec ne peut te forcer à faire ce que tu ne veux pas... Celui qui se cache derrière sa fenêtre, là, pas plus que les autres... L'écoute pas... Aucun pouvoir sur toi, tu décides... Tu bouges plus, tu attends... Dans trois minutes les pompiers te récupèrent... Ce sera fini... Tiens trois minutes de plus... »

Elle était sortie de l'immeuble d'en face, une familiarité immédiate, une connaissance apparente des dessous, les deux femmes étaient liées peut-être ? La situation s'était déjà produite antérieurement ? La présence d'un tiers malintentionné était soupçonnée, les passants invités à témoigner.

Elle a sorti son smartphone, l'a vite réglé pour capter la scène. Tous ceux de la rue ne l'avaient pas attendue, autant de bras tendus vers le sixième étage, sauf Blaise Astor, penaud, le seul à avoir laissé son outil de travail à sa place réservée, le seul à n'avoir pas pensé à produire un témoignage. Dire qu'il s'en voulait deux minutes plus tôt de jouer le voyeur et d'y trouver un plaisir détestable, et maintenant battu par tous les vidéastes convaincus d'avoir la meilleure justification, témoigner pour une victime potentielle.

De nouveaux filmeurs débarquaient de la place du Panthéon, du bas de la rue Soufflot, à croire qu'ils répondaient à une alerte générale. Des fenêtres s'ouvraient, les façades s'animaient, des questions s'échangeaient, des certitudes : « Pas la peine d'appeler la police ? Déjà fait ? Quelqu'un d'en haut pourrait facilement la récupérer et sans attendre… »

Ils soignaient leurs angles de prise de vue, zoomaient à tout va, le zoom, rien de mieux pour la vérité (« Elle est à poil, la fille, j'avais pas remarqué… »), balayaient la scène à 360° pour ne rien laisser échapper, enregistraient leurs commentaires. C'est plus vivant, dire l'angoisse, parce que c'était angoissant, hein, une fille qui risquait de s'étaler ou menaçait de se jeter dans le vide.

Chacun son avis tranché, entrant en collision avec l'avis du voisin. Blaise Astor prenait conscience qu'il était le seul à n'en avoir aucun, le plus suspect de toute la bande de témoins.

Trois minutes, avait dit l'autre, les secours se faisaient attendre, le noyau s'impatientait. Cette présence de plus en plus compacte et bruyante affolait la femme du sixième étage. Celle du bas a intimé le silence et le respect, craignant un demi-tour fatal, un emballement incontrôlé. Une forme de calme a suivi, en bas comme en haut.

Figée sur une bande étroite, la fille reprenait la parole. La voix descendait, plus distincte pour la première fois : « Laissez-moi tranquille... Partez... Je veux voir personne... Laissez-moi... »

Personne ne voulait l'abandonner. On la soutenait, qu'elle comprenne qu'ils étaient tous là pour l'épauler. Pour éviter l'irréparable ou contre le sale type qui l'avait probablement conduite à cette impasse... Contre tous les mauvais démons, intérieurs, extérieurs... Elle n'était pas seule... Solidaires, à l'unanimité. Cela aurait dû être touchant, la toucher, ne la touchait pas tant que ça. Elle s'obstinait : « Laissez-moi tranquille... », avec des gestes las de la main.

Son visage était trop éloigné pour qu'on en distingue l'expression, Blaise Astor aurait parié sur le dégoût, un dégoût qu'il était prêt à partager. Elle l'impressionnait comme personne, cette fille. Quelque chose de noir dans les yeux, sous des cheveux longs relâchés et décolorés, il espérait en attraper le regard, sans l'aide d'un zoom, lui tout seul, à plus de quinze mètres de distance, dans la demi-clarté d'un 1er mai.

C'était idiot, comme tout le reste, mais son déplacement, à la verticale sous elle, a attiré son attention. Il était convaincu que ça y était, oui, elle l'avait en ligne de mire. Il n'était pas encombré par la vidéo, lui, ni parasité par des commentaires ou des injonctions. Il n'aurait plus que ses propres yeux, s'ils avaient assez de puissance, pour la tenir, la retenir – ou la laisser venir, si c'était son vœu. Elle était de son côté, comme il était du sien. À cet instant, ils marchaient ensemble, une certitude.

Dans ce cas, il faudrait bien l'accompagner, et l'accompagner vraiment, pas l'empêcher à tout prix. Il se sentait de nouveau isolé face aux autres, le seul à avoir une pensée pareille, qui serait horrible à leurs yeux. À ses yeux aussi ; elle le traversait pourtant, comme toutes les pensées horribles qui le bouffaient depuis le début de la scène.

Et il ne luttait plus, il attendait. Qu'elle choisisse à la fin. Qu'elle arrête de faire mariner la foule, j'y vais, j'y vais pas.

Si un manipulateur se cachait derrière, comme le soupçonnait la vidéaste, qu'il se montre. Il devait s'être retiré depuis un moment, la manœuvre enclenchée, il n'avait plus qu'à laisser aller, le propre des manipulateurs.

Rien ne se décidait, l'exaspération montait, des frémissements collectifs alternant avec des silences, selon les oscillations du corps ou sa paralysie, tout ça couvert, sans qu'on y ait prêté tout de suite attention, par la montée en puissance de sirènes, depuis le jardin du Luxembourg.

Qu'elle tienne quelques secondes encore, on voudrait le lui crier, pas trop fort, pour ne pas la déstabiliser davantage. Ce serait elle la victime d'une agitation excessive. Victime, elle l'était déjà, mais de quoi ? Il ne s'était encore rien passé, les bonnes intentions débarquaient de partout et risquaient de provoquer la catastrophe repoussée depuis le début.

Blaise Astor a vu l'arrivée des secours comme une nuisance ultime. Ils donnaient l'illusion d'agir. Une sirène, en quoi c'était une action ? Ils n'avaient rien de plus solide à proposer. Leurs pin-pon, ils en étaient fiers, ils arrivaient, les hommes d'action.

La fille s'est remise en mouvement, s'est penchée, pile à la verticale au-dessus de la tête de Blaise Astor, comme si elle avait décidé de s'aligner sur lui pour tomber. Rien de mieux pour amortir sa chute ou pour emmener avec soi un maximum d'abrutis au spectacle.

Blaise Astor a anticipé le choc imminent, cavalcade de tous ses neurones, c'était reparti de travers. Sa pensée lui échappait de nouveau.

Un corps en chute, si son poids était estimé à une cinquantaine de kilos, augmenté par la vitesse, malgré la résistance de l'air, combien de kilomètres par heure au bout de quinze mètres ? Combien de tonnes à l'instant où il entrerait en contact avec le passant nommé Blaise Astor ?

Blaise mesurait le possible basculement, dans une sorte d'hyperlucidité toute neuve, une impression de maîtrise jamais éprouvée. Qu'elle saute, il adoucirait sa chute. De jeunes enfants avaient survécu de cette manière à des incendies, il l'avait lu. Des mères les jetaient dans les bras des voisins ou dans des couvertures tendues, un classique de l'héroïsme quotidien.

Blaise Astor s'est défait de sa veste matelassée, l'a tendue au-dessus de lui, elle ferait office de réceptacle. Il s'y casserait les bras, sa musculature insuffisante se disloquerait pour sauver un corps parfait, cela n'avait aucune importance, il était prêt.

Il a eu l'impression de sortir de lui, une seconde, et de se voir de l'extérieur, les deux bras levés vers le toit, étalant le plus largement possible sa doudoune jaune confortable, sous les objectifs de la quinzaine de vidéastes, avec, dans son dos, les sirènes à leur maximum de stridence.

Malgré la distance et le manque de lumière, il s'est convaincu d'avoir capté son regard, l'appel de ses yeux, l'imploration de ses yeux. C'était lui, lui seul, qui la retenait. Le bout des pieds s'escamotait, elle renonçait à tout saut – sauf si elle reculait pour mieux prendre son élan.

Ni élan ni rien, un pompier a déplacé Blaise Astor en diagonale, sans un mot, sans brutalité, comme un objet gênant ou une pièce d'échecs, dans le calme, lui faisant baisser les bras et replier sa veste.

D'autres faisaient évacuer les abords de l'immeuble pour installer un périmètre de sécurité enveloppant le haut de la rue Soufflot. De bonne ou mauvaise grâce, les présents filmaient en reculant, râlant à mi-voix contre la mauvaise qualité de leur nouvel angle de vue ou se flattant de leur position de premiers témoins, capables de renseigner au mieux les nouveaux arrivants, qui avaient autre chose à faire que de recueillir leurs avis.

Une bâche de réception a été déployée au pied de l'immeuble, s'est réglée sur le pas de la cible, l'a orientée, un peu plus à droite, non, elle entreprenait un demi-tour, pas arrangeante, la victime, si au moins elle s'immobilisait.

Un camion s'est positionné en douceur pour permettre le dressage de la grande échelle, une glissade à la fois cliquetante et souple. Un médiateur avait attiré l'attention de la femme sur lui, l'enveloppait de paroles apaisantes. Les mots montaient plus vite que l'échelle et saisissaient la femme comme rigidifiée, la main tendue vers un chien-assis.

L'échange, là-haut, est resté inaudible. Le pompier a déplié une couverture de survie, un voile de pudeur pour un corps dénudé et la garantie de son réchauffement.

Un souffle de soulagement est monté du groupe des vidéastes, toujours occupés à capter la scène du sauvetage, c'était presque aussi bon à prendre que la catastrophe, si elle avait eu lieu.

Ce qui se passait sur la plate-forme de l'échelle était difficile à interpréter. Rien ne se déroulait selon le processus attendu. Le geste protecteur du sauveteur entourant les épaules de la femme de la couverture de survie s'est transformé en une sorte de lutte.

La femme se rebellait ou en donnait l'impression, a repoussé la main gantée, chiffonné la matière dorée glacée, dont le contact semblait insupportable.

La victime ne montrait ni soumission ni reconnaissance aux secours, leur en voulait d'être les secours. La crise s'amplifiait.

Un second pompier est intervenu, l'a ceinturée, avec moins de ménagement que le premier, en y mettant les formes toutefois, sur les conseils de ses collègues (« On nous filme »).

La descente s'est transformée en lutte contrôlée. Les hommes donnaient les premiers signes d'exaspération : « Madame, nous sommes là pour votre bien, uniquement pour votre bien… Ça va aller… Respirez… Faites attention, madame… »

Rien de bien différent de ce que Blaise Astor avait lancé dès la première minute.

À la dernière marche, d'autres secouristes s'apprêtaient à prendre le relais, poussant un brancard. La femme a profité d'une ouverture d'une seconde pour échapper aux mains des premiers et contourner les nouveaux venus, emberlificotés dans la couverture de survie qu'elle leur abandonnait, découvrant de nouveau sa nudité et se rapprochant vivement de Blaise Astor : « J'ai trop froid… Je veux pas de leur saleté en papier alu… Trop de bruit… Donne-moi ta grande veste, là… Ta veste, oui, elle a l'air chaude et plus douce, vite… »

Si la victime jetait la pagaille en franchissant le périmètre de sécurité, la police avait le devoir d'intervenir. Qu'est-ce que c'était que cette histoire de veste ? L'individu qu'elle rejoignait avait-il un lien avec elle ?

Plus personne n'avait envie de se montrer prévenant, saisissons-nous d'elle. Elle avait eu le temps d'endosser la doudoune jaune, encore mieux, on serait plus à l'aise pour la manipuler que si elle restait à poil.

D'autorité reprise en main et momifiée dans la couverture en plus de la veste matelassée, plaquée sur le brancard à engouffrer dans le véhicule médical.

Elle se débattait encore, rébellion ou malaise ; de moins en moins.

L'aider contre son gré, un devoir pour les secours, mais un devoir provoquant les premières protestations parmi les vidéastes en action (« Et la liberté individuelle ? »), repoussés de plus en plus au large (« Fini, fini, rentrez chez vous... »), pendant que Blaise Astor, qui avait eu le mauvais réflexe de franchir la limite pour aller à la rencontre de la femme en fuite, était expulsé avec vigueur du périmètre, ce qui a renforcé sa tentation de partager sa rébellion. Cette femme l'impressionnait plus que jamais.

Il ne faudrait pas oublier qu'il s'était trouvé le premier sur les lieux. Le seul à avoir tout suivi depuis le début.

Le personnel médical a pris soin de la victime, bousculade maîtrisée dans le camion, oxygène, probables prélèvements divers, prise de sang, tension, questions, retour au calme.

Blaise Astor se savait dépossédé de ce qu'il n'avait jamais eu sous son contrôle, sauf ce regard d'un instant, collé si fort au sien, cet appel, une adhésion, plus rien.

Puisqu'il était hors du périmètre de sécurité, il ne lui restait plus qu'à en extraire son VTC, avec la discrétion du moteur électrique, en glissant le long de la rue Soufflot, tout en consultant son smartphone accroché au pare-brise. Il tapotait le clavier dans le désordre, pas moyen de remettre la main sur la course prévue, les coordonnées de la cliente. La cliente, cette cliente, ce ne pouvait être qu'elle, la fille du toit.

En réalité, que s'était-il passé ? Une cliente avait commandé un VTC, changé d'avis, sans avoir la politesse de le prévenir, un cas courant, pour accomplir de toute urgence un désir de suicide, cas non moins courant, s'était ravisée une seconde fois, avait perdu, par trouille ou toute autre raison, l'envie d'en finir, avait été secourue.

Il ne s'était donc vraiment rien passé d'extraordinaire. À Blaise Astor non plus il n'était rien arrivé de spécial. Il avait assisté de loin à une scène, eu des pensées malencontreuses, avec une seule conséquence majeure : cette fille en avait profité pour lui piquer sa longue veste matelassée jaune moutarde, après lui avoir fait perdre le prix de sa course. En plus, tous ses papiers en poche intérieure subtilisés, passeport, permis de conduire, carte grise, assurance, carte bancaire, comment les récupérer à présent ? Trop tôt pour se précipiter au commissariat, pour déclarer quoi ? Une perte, un vol ? Le temps que la fille soit conduite à l'hôpital, déshabillée, fouillée, qu'on lui demande qui était ce gars dont elle détenait les papiers, nouvelles salades pour elle, bientôt pour lui.

Il lui restait à intercepter les secours, non, ce serait mal vu. Plutôt se présenter aux urgences et expliquer poliment qu'il venait récupérer son bien. Il avait noté qu'elle serait conduite aux urgences de la Pitié-Salpêtrière, les flics avaient mentionné ce nom entre eux.

Vite, demi-tour vers la Pitié.

Tant de pensées et de mouvements incontrôlables, en conduisant une berline pas encore bien en main et en s'excitant sur un smartphone, sans regarder le boulevard, ne pouvaient avoir d'autre effet que de lui faire emboutir le premier obstacle venu, un kiosque à journaux fermé, dans le désert parisien d'un 1er mai, immobilisation immédiate de la voiture blanche ; carrosserie de l'aile avant droite cabossée.

S'il devait y avoir une victime aujourd'hui, l'unique victime de la matinée, c'était lui. Elle aussi, elle surtout ?

Pour mettre tout le monde d'accord, disons seulement une aile entamée, et tout le reste bien dérangé.

Passée de main en main, du véhicule de secours au service des urgences générales de la Pitié-Salpêtrière, du brancardier à l'infirmier, puis à l'interne de service, Iris Bila s'obstinait à préférer la veste à la couverture de survie mise en boule par ses soins, rejetée aussitôt qu'imposée de force.

Elle luttait, luttait, cette rage ne passait pas. Elle réclamait encore et encore la veste matelassée. On voulait qu'elle ne prenne pas froid, non ? Quoi de mieux ? Le personnel a laissé courir, enveloppons-la avec ce vêtement, ajoutons-y la couverture. Avec ce qu'on lui mettrait dans les veines, l'agitation retomberait vite.

Déjà mieux, les mains se détendaient. Si elle arrêtait de bouchonner sa belle veste jaune, ce serait parfait. Un petit effort : la veste subtilisée, on ne la volait pas, bien accrochée derrière la porte, là, elle la retrouverait pour sa sortie.

Qu'elle enfile plutôt la blouse réservée aux patients, cadeau de l'établissement.

Un sursaut, elle n'aimait pas les cadeaux, surtout les cadeaux de ce genre. On allait voir ses fesses…

Elle exagérait. Si l'origine de la veste matelassée avait été oubliée en route, pour le reste, l'information avait fait son chemin : cette patiente avait été récupérée à poil sur un toit.

La chatte sur un toit brûlant, entre médecins cinéphiles, on pouvait oser la blague pour détendre l'atmosphère. Pas trop, mal vu, mal entendu.

Et la pudeur, qu'est-ce qu'on faisait de la pudeur ?

N'insistons pas, la pudeur, à l'hôpital, ce n'était pas vraiment le sujet, surtout dans les conditions où on l'avait trouvée.

Allongée comme elle l'était, à présent, elle n'avait plus à s'occuper de ses fesses, là, elle y était, la mollesse gagnait, elle pouvait se laisser faire, entourée de soignants attentionnés, s'endormir.

Mais non, se laisser faire, ce n'était pas permis, pas son genre.

D'abord, qu'est-ce qu'elle foutait aux urgences ? Rien réclamé aux pompiers. Ils auraient dû lui demander son avis. Si on ne la relâchait pas tout de suite, elle allait déposer plainte.

Quoi, la relâcher ? Elle n'était pas en état d'arrestation, uniquement sous surveillance médicale, pour son bien. On comptait sur la présence prochaine de sa famille pour la tranquilliser et la convaincre.

Son identité déclinée, malgré des déclarations confuses, en l'absence de tout papier, compte tenu de sa nudité initiale, les services étaient parvenus à localiser des proches.

Sa mère allait accourir, elle aurait pensé à tout, grâce aux informations qui lui avaient été communiquées. Une tenue vestimentaire complète, des sous-vêtements en priorité. Sa fille ne serait pas condamnée à demeurer en blouse d'hôpital.

La nudité publique de sa fille, telle qu'elle lui avait été rapportée au téléphone par les autorités, en pleine rue, en plein jour, un choc pour une mère. Elle arrivait en taxi de son pavillon des Yvelines, sa fille serait vite rhabillée.

Pas trop vite, tout ne rentrerait dans l'ordre que si Iris Bila y mettait du sien et acceptait de collaborer au bilan médical et psychologique indispensable.

Elle gardait un reste de lucidité. Bilan, mot poli pour une enquête ?

Une enquête sanitaire, rien à voir.

Le personnel a commencé à prendre le large, d'autres obligations, un spécimen pareil, le braquer, c'était perdre son temps. La stratégie de l'isolement, c'était plus fort que l'encerclement. Ils étaient forts, elle les connaissait, elle les avait vus faire plus d'une fois, entendu leurs ricanements dans le dos des patients.

En temps normal, elle travaillait à l'hôpital, elle aussi, pas dans un service médical, seulement standardiste à l'hôpital Lariboisière. Pourquoi ne pas l'avoir conduite à l'hôpital Lariboisière ? Pas un imbécile de la Pitié-Salpêtrière ne prenait la peine de lui répondre. Il suffisait de ne pas s'en faire, pas s'en faire.

Des manipulateurs, elle ne se laisserait pas prendre. Elle aurait préféré ceux de Lariboisière, elle les connaissait par cœur, on aurait gagné du temps. Sa nouvelle idée fixe : qu'on la transfère tout de suite à Lariboisière, si on condescendait à l'écouter.

Une nouvelle infirmière a rappliqué. On allait voir ce qu'elle avait dans le ventre, cette Iris, une fois qu'on lui aurait injecté une bonne dose.

Le corps d'Iris Bila s'est relâché, provoquant un nouveau jus de verbiage qu'aucune aide-soignante n'était capable d'éponger. On comptait sur l'arrivée annoncée de la mère pour boucher les trous et rendre la patiente plus raisonnable.

Elle s'est présentée à l'accueil, Mme Bila, guère plus coopérative que sa fille. Pressante, elle a annoncé avoir laissé le taxi en attente à l'entrée. Pas l'intention de s'éterniser. Elle ne doutait pas que les médecins, l'administration, tout le monde serait de son côté.

Un incident regrettable sur la voie publique, comme on l'en avait informée, ne devait pas donner lieu à une mise en scène mélodramatique, au nom de la protection des individus, tout le baratin annoncé au téléphone. Mesurer les paramètres vitaux, mentaux, établir un diagnostic, merci bien.

Sa fille ne souffrait d'aucune maladie. Le seul mal, c'était de vouloir apporter une explication au moindre geste et d'en faire un symptôme.

Sans en faire un tableau clinique apocalyptique, se retrouver dépourvue de tout effet personnel sur une toiture à quinze mètres de haut n'était pas anodin, madame. Une mère devrait être la première à s'en inquiéter et à prêter assistance aux autorités compétentes. Pas question de relâcher une patiente, peut-être une victime, sans garantie contre une récidive ou une menace, d'où qu'elle vienne.

Récidive ? Menace ? De quels crimes parlait-on, là ? Les mots tout faits plaqués sur la peau des gens, c'était leur mort par étouffement. On n'avait pas d'autre but que d'étouffer sa fille, elle ne se laisserait pas faire. Avant tout, la retrouver seule à seule. Sa présence maternelle suffirait à empêcher toute récidive et à éloigner toute menace.

Sa situation exigeait qu'elle soit mise à l'abri, donc restituée à sa famille.

On lui avait déjà trouvé une chambre à part, vu la singularité de son cas ? On en avait sous la main, quand ça arrangeait ? Encore plus scandaleux pour tous les autres, condamnés à s'entasser.

La mère méritait une injection aussi bien que sa fille. Si l'agitation de la famille redoublait celle de la fille, on courait à la catastrophe, alors qu'on l'avait évitée de justesse. Visite autorisée contre promesse de silence, observation de signes inhabituels qui pourraient alerter les services, témoignage précieux.

Précieux, précieux, ils voulaient l'acheter, pour mieux garder Iris sous leur contrôle. Mme Bila gardait sa pile de vêtements de rechange contre elle. Elle n'attendrait pas pour rhabiller sa fille. Ces traits reposés prouvaient que les soins n'étaient plus nécessaires.

Mme Bila a fini par poser la main sur le front d'Iris, en douceur, avec hésitation, ce qu'on attendait d'elle, bravo, un geste qu'elle n'avait pas fait depuis longtemps.

Elle soulevait le drap, on la laissait faire, si ça la rassurait…

Toujours pas correctement couverte, sa fille, après ce qui lui était arrivé, une honte. Une nouvelle insuffisance de l'hôpital public, de notoriété publique, oui.

Mme Bila avait retrouvé d'anciennes culottes d'Iris, de ses quinze ou seize ans, toujours mieux que cette nudité.

La pudeur, la pudeur, son obsession, vite passons une jambe, l'autre. Regardez, cela ne la réveillait pas. Elle se laissait manipuler comme rien. Regardez dans quel état les injections l'ont mise. Si la culotte était passée, le soutien-gorge suivrait. Trop serré, elle avait pris de la poitrine depuis ses quinze ans, mais c'était toujours plus propre comme ça.

L'infirmière et l'interne se consultaient. Pas si mal, cette excitée de mère jouait un rôle moins toxique que prévu. La douceur pouvait émerger de la brutalité, soyons souples et tentons de faire la paix ensemble, dans l'intérêt exclusif de la patiente.

Mme Bila disait accepter de comprendre que plusieurs heures, sans parler de jours, seraient nécessaires avant un retour à la normale. Le personnel admettait que la présence maternelle contribuerait à établir un climat de confiance. Iris Bila avait du mal à prendre parti, d'ailleurs personne ne sollicitait son avis.

La mère a réclamé une chaise à côté du lit, est restée tranquille, jusqu'à ce que des résultats d'analyse soient connus, la présence d'alcool dans le sang, d'autres substances toxiques aussi, pas nommées devant la mère, pas la peine de la faire réagir, dans des proportions non excessives, non négligeables non plus.

Ces indications seraient communiquées à toutes les autorités qui souhaiteraient entendre Iris Bila, puisqu'elle avait repris conscience et retrouvé le calme nécessaire à un entretien. Ici, on ne s'occupait que des effets, les causes étaient du ressort d'autres instances.

Une femme de la police était disposée à recevoir le témoignage d'Iris Bila, d'elle seule. C'était ce qu'on allait voir. Être entendu par les autorités impliquait la présence d'un soutien, à défaut d'un avocat.

Avouée du temps de sa vie professionnelle, Mme Bila, une profession disparue, avoué, et pas assimilable à celle d'avocat, mais ça restait dans l'esprit. Elle ne laisserait personne d'autre défendre sa fille.

Doucement, il ne s'agissait pas de la défendre. Personne ne parlait de l'accuser. Son témoignage de victime, c'était tout ce qu'on attendait d'elle.

L'hostilité initiale n'a pas troublé la policière, prévisible, si on examinait les résultats d'analyse toxicologique. Personne n'aime dévoiler ses pratiques marginales, sous prétexte qu'on l'a sauvé.

Commençons en douceur. Elle, c'était Jeanne. Ça mettait en confiance, le prénom tout seul, Jeanne, sans titre officiel, sans grade affiché, la chaise collée à la tête de lit. Un air sûre d'elle toutefois, raide, avec ses bottes de cavalière, son blouson, harnachée, chevaleresque par nature.

Un entretien amical, n'exagérons rien ; un interrogatoire masqué, oui. Il a suffi que Jeanne demande confirmation de l'identité et de l'adresse pour que ça coince.

L'adresse, c'était bien rue Soufflot, précisément à l'endroit où ? Mais sans titre de propriété ou de location ou d'hébergement ? Sous les toits, d'anciennes chambres aménagées et réunies, à quel nom exact ? Deux fenêtres voisines, on était bien d'accord, seules voies d'accès à la gouttière, au rebord où ?

C'était là que ça coinçait encore. Sauf si Iris Bila se rappelait un autre mode d'accès, elle aurait enjambé l'une des deux fenêtres, pour prendre pied à l'extérieur, on était bien d'accord ? Alors, comment expliquer, comme l'avait montré une visite des lieux, après l'opération de secours, que ces deux fenêtres aient été retrouvées fermées, et soigneusement, de l'intérieur ?

Iris ne confirmait aucune des hypothèses, le flou à cet instant. Enjambé, pas enjambé, elle ne comprenait pas ce que ce mot signifiait. Enjamber une fenêtre, non, elle ne se représentait pas un acte de ce genre.

Qu'elle se concentre deux minutes, l'image d'un tiers pouvait lui revenir, qui aurait refermé la fenêtre derrière elle. Ce tiers ne s'était pas manifesté depuis, disparu, s'il existait, elle pouvait le nommer ? Pas du tout ou pas encore ?

Si ce n'était pas un interrogatoire.

Jeanne ne tenait pas à mettre Iris dans l'embarras, non, non, à son service. Seulement, ça l'arrangerait, si elle se montrait plus coopérative. Une explication simple, probablement, une tabatière ancienne dans le toit, des petites lucarnes à l'arrière, il en existait plusieurs ; toutes fermées, mais celles-là, il était possible de les claquer de l'extérieur. Jeanne lui faisait des propositions, tout pour l'aider, y compris les raisons les moins convaincantes. Pas mieux ?

Si les fenêtres étaient toutes closes, la porte de l'appartement était restée grande ouverte. Elle ne s'en souvenait pas davantage. Grande ouverte, pas non plus anodin.

Revenons à ce tiers pas encore nommé, ou innommable, n'ayons pas peur des mots. Il aurait pris la fuite, de manière précipitée, expression usuelle dans le métier, après avoir enfermé Iris Bila dehors, et nue ?

Ce détail, elle ne le contestait pas ? C'était une question de poids, la nudité, on était bien d'accord ?

Nue chez soi, à la rigueur. Nue dehors, ou on est forcée ou c'est un choix privé.

Sous l'emprise de l'alcool ou de toute autre substance, il n'était pas certain qu'on reste libre de ses choix. Discutable, admettons, mais il serait bon de se forcer un peu, en toute liberté, pour ne pas laisser s'installer un doute qui profiterait à quelqu'un qui ne le mériterait pas.

On en avait vu d'autres. Ne pas hésiter à nommer un partenaire d'un jour, d'un soir, ou une, un conjoint plus installé, ou une, un quelque chose quelconque avec qui boire, fumer ou autre, et mal finir, si elle voyait ce qu'on voulait lui entendre dire.

Aucune remontée visuelle ? La plus infime lueur ferait l'affaire, voyons.

Iris Bila voulait bien faire plaisir à la cavalière bottée. Des images, il lui en remontait de toutes les époques. Un nuage de fumée restait un nuage de fumée, les vapeurs alcooliques d'un soir ressemblaient aux vapeurs alcooliques d'une autre saison.

Des images d'excès, c'était bien joli, mais cela ne collait pas avec les relevés effectués dans le studio de la rue Soufflot. Pas une bouteille ni un verre sale, pas un mégot. Ou il fallait que quelqu'un ait eu le temps de nettoyer l'appartement, un appartement bien ordonné.

Les excès supposés de la nuit, si excès il y avait eu, semblables à tous les excès qui se confondaient dans sa mémoire, s'étaient peut-être produits ailleurs, plus tôt, chez un tiers, le fameux tiers. La marche sur le toit ne serait que la conséquence éloignée d'un événement extérieur ? Une erreur finale de parcours, hypothèse parmi d'autres, cela n'aidait pas ?

Si Iris Bila protégeait sciemment quelqu'un ou un quelconque quelque chose, elle avait tort.

Les quelconques quelque chose l'avaient souvent encombrée, la première à le reconnaître, mais elle jurait qu'elle avait fait le vide, ces temps-ci, tellement le vide qu'il n'en restait rien, ni chez elle, ni en elle.

Plus elle creusait, plus le vide s'agrandissait, sincère. Des trous noirs, elle en avait connu quelques-uns, un trou noir comme celui du matin, elle ne s'en souvenait pas, le plus gros de toute son existence, juré.

Si, elle se voyait sur le rebord en ciment, au contact du zinc, au-dessus du vide, comme aspirée, mais vers le haut, pas vers le bas, comme dans un survol. Des traces d'images de ce genre, les seules encore nettes.

On allait la prendre pour une illuminée, mais elle tenait en l'air, sûre de ne pas tomber, il fallait la croire, aucune peur de basculer, comme tous l'attendaient en bas.

L'arrivée du premier pompier sur sa grande échelle, ce n'était pas un soulagement pour elle, uniquement le début des ennuis, la preuve maintenant.

Pas d'histoire avant cet instant. Les circonstances précédentes, l'enchaînement des événements que Jeanne l'implorait de reconstituer, rien ne ressortait, le black-out.

Sa vie antérieure, elle saurait la recracher en détail, tous les agacements de la matinée, depuis l'invasion des pompiers sur le toit jusqu'aux urgences, ils défilaient là, au millimètre, ça lui tordait les boyaux tellement elle était dégoûtée. Entre les deux, ces minutes que la cavalière serait si heureuse de lui extorquer, pas moyen d'en dire un mot. Et si on tournait autour du mot « suicide », sans oser le prononcer, on perdait son temps. Les mots de tout le monde, des mots plaqués, elle crachait dessus. Ce n'était pas elle.

Jeanne la croyait au moins ? Iris voyait bien que non. Elle avait tort. Comme c'était naturel, après un si probable traumatisme. Comme c'était révélateur. Comme il ne fallait pas se presser de retrouver le plus grave, donc le plus important.

Des spécialistes lui prêteraient assistance. L'anamnèse dans deux jours, deux semaines, Jeanne avait tout son temps. Le nœud était identifié, c'était suffisant. Le défaire le jour venu serait une victoire sur soi.

Elles allaient en rester là. Jeanne debout, carrée dans son blouson gris, se dégourdissait les jambes, comme si elle descendait de cheval, plus cavalière que jamais. Iris avait fait du cheval, elle aussi. Une possibilité d'entente à exploiter.

Cela se voyait tant que ça que Jeanne aimait les chevaux ? L'air chevalin, la coiffure, la tenue équestre, ça disait tout. La tenue, c'était toujours juste.

C'était bien l'ennui, avec Iris, elle manquait de tenue depuis le début. Rien pour se raccrocher.

Elles ont ri ensemble, le premier signe favorable. Jeanne a tenté un dernier détour. Puisqu'on parlait de tenue vestimentaire et qu'elle n'en portait aucune sur le toit, des enquêteurs avaient rapporté que tous les vêtements dans la chambre de la rue Soufflot étaient soigneusement pliés sur les étagères. On en attendrait quelques-uns entassés par terre, ôtés ou arrachés, juste avant qu'une personne ne se hisse ou ne soit hissée, dans la tenue qu'on savait, sur le toit.

Elle se rappelait forcément les vêtements qu'elle portait la nuit précédente, pouvait-elle les décrire ? Ni chemise de nuit ni pyjama, si on voulait savoir.

Une tenue de ville, alors, soit on la retrouverait bien rangée par ses soins ou les soins d'un autre, soit elle avait été soustraite. Un cas ou l'autre, cela ouvrait des perspectives différentes, elle avait quelque chose à dire sur la question ? Quelque chose de plus grave encore ? De plus profond ?

Dernière prière de Jeanne. Iris Bila perdait pied, Jeanne était persuadée de toucher juste, elle allait ramasser la mise, policière d'expérience.

L'interne a entrouvert la porte, il suivait de loin, il n'avait pas le droit de laisser faire. Les capacités de résistance de la patiente étaient épuisées, elle était au bord du malaise.

La cavalière a promis son retour. Laissons reposer ce qui vient d'être déposé dans un cerveau éprouvé, peut-être truqueur, comme n'importe quel cerveau, la clarification viendra toute seule.

Une dernière remarque : il ne faudrait pas trop traîner. Elle la prévenait, si Iris l'entendait, avant de perdre conscience, que les vidéastes présents sur place ne s'étaient pas gênés pour diffuser des images de la scène du matin sur les réseaux sociaux – sans dévoiler son identité, déjà ça.

Des plans nocturnes et lointains, pas trop gênants, mais la scène et les lieux étaient identifiables, précieux pour une enquête, moins confortable pour l'intéressée, sauf si des images extérieures lui permettaient de remonter le fil intérieur et réveillaient d'autres images, enfouies. Son intimité en pâture, danger, ou illuminée par des plans volés, à elle de voir.

Mme Bila, depuis le couloir, a attrapé les dernières informations, de quoi la secouer.

Personne n'empêcherait que des images de sa fille nue se répandent partout ? Les autorités hésitaient à pratiquer la censure ? Les réseaux toléraient ou modéraient modérément ? Si la nudité n'était pas trop flagrante…

Mme Bila était remontée contre tout, les réseaux, le corps médical, les corps de l'État, laissée à l'abandon avec sa fille. Elle ne repartirait pas de la Pitié-Salpêtrière sans elle, contre l'avis des médecins, s'il le fallait. Signons une décharge et débarrassons le plancher.

Une raison majeure : ces réseaux qui couraient partout et transportaient l'image de sa fille. Sa plus grande terreur : si son mari, le père d'Iris, un homme malade, sans autre distraction que de passer son temps sur Internet, tombait sur des vues pareilles, il ne s'en relèverait pas, le pauvre. Elle tiendrait les autorités médicales pour personnellement responsables de sa mort.

Sa colère montait en puissance ; la direction de l'hôpital, convoquée en urgence, a préféré renoncer à garder la patiente, finalement revigorée par les excès de sa mère qui ne semblaient pas la gêner.

Un dernier examen permettait de voir qu'Iris Bila avait vraiment récupéré, une bonne nature, toute confiance, signons vite la décharge, qu'elle se rhabille et n'en parlons plus.

Elle portait déjà ses sous-vêtements usés d'adolescente. Pour les vêtements du dessus, Mme Bila n'avait rien retrouvé de mettable dans l'ancienne chambre de sa fille. Elle lui a enfilé un pantalon à elle, la mère, plus récent, trop serré, et un haut, pas si vieillot, mais pas mal usagé.

Ce n'était pas le moment de discuter du style vestimentaire, Iris n'en est pas moins sortie de la chambre, engoncée dans des vêtements d'emprunt, présentant des signes d'étouffement.

Elle a fait demi-tour, une infirmière a cru qu'elle se sentait mal et renonçait à son départ. Vite, la soutenir, en constatant un flottement manifeste dans ses mouvements, et puis non, rejet de toute assistance, cet air exaspéré, comme à son arrivée aux urgences. Iris Bila n'était revenue que pour récupérer la doudoune jaune accrochée dans la penderie derrière la porte à son arrivée.

Endosser cette veste matelassée lui faisait du bien. Apaisée, ou contente d'échapper au ridicule du pantalon pas à sa taille et du haut étriqué et ringard, aux manches trop courtes, comme se le disaient, le sourire en coin, les aides-soignantes soulagées de ne plus avoir à subir les simagrées de la mère et de la fille, qui franchissaient leur ligne sans un merci.

La fille à poil repartait drôlement enveloppée.

Ne parlons pas de séquestration.

Quoi, une séquestration ?

Assurer la protection de son enfant, l'éloigner des mauvais traitements de l'institution, des mauvaises influences, des mauvaises pensées, c'était on ne peut plus justifié.

Plus que le personnel de la Pitié-Salpêtrière, accusé d'avoir abusé de son pouvoir et humilié sa fille, une mère était apte à assurer une convalescence ordonnée. Suivre des prescriptions, elle n'était pas contre, à condition de les inscrire dans un cadre rassurant.

La chambre de jeune fille d'Iris Bila n'était pas loin de ressembler à une chambre d'hôpital, ce lit métallique, cette peinture défraîchie, cette ambiance austère.

Les consignes pour bien récupérer n'étaient pas moins sévères, mais elles émanaient d'une mère.

Pour le moment, ne pas se lever, ne pas parler longuement, éviter toute fatigue. Piocher, si c'était nécessaire, dans la boîte à calmants et à somnifères, pratique familière aux parents depuis toujours, on maîtrisait.

Le principal, effacer. Effacer la mauvaise chose. La mauvaise chose tombée sur la famille. Comme si la famille n'en avait pas reçu assez sur la figure, ces dernières années, des mauvaises choses. À effacer.

La porte de la chambre, fermons-la sans bruit, et à clé. C'est mieux, à clé, pas de contre-indication ?

Tant qu'on demande l'avis de l'intéressée, pas d'inconvénient, on ne séquestre personne. Et puis, elle serait entrebâillée à intervalles réguliers, cette porte, garantie de tranquillité autant que de liberté.

Ce qu'on appelait de la haute surveillance ? Entendu, si c'était un compliment. Et si cela permettait d'empêcher toute nouvelle tentative.

Tentative ? Tentative de quoi ? Tentative de. Rien à ajouter. Tout ce qui s'ajouterait s'apparenterait au malheur. Tant que la tentative ne serait pas gommée, le plus sage était de maintenir Iris couchée dans le moelleux, réconfortée pas les siens. Pas retenue, c'était bien compris ?

Aucune tentative ne serait tolérée, aucune tentative de. Non, rien. Une gêne avec les compléments, dans cette famille, c'était constant. Ne jamais finir une phrase, pour Iris, c'était bien ça le.

La mère tenait au retour d'Iris à son foyer d'origine, pour sa santé, oui, pour celle de son père surtout, pour ne pas ajouter le mal au mal. Elle avait caché à M. Bila l'appel initial de la police, ses échanges avec l'hôpital. Plus délicat à justifier, le départ précipité en taxi, une course urgente pour.

L'arrivée d'Iris, lissons-en les effets. Exhibons la fille quelques secondes, sans entrer dans les détails. De passage pour quelques jours... Un coup de fatigue, se retaper... Cela faisait longtemps... Une envie comme ça... Elle n'embarrasserait pas.

C'était tout et suffisant, pas de réponse attendue, M. Bila quasi muet. Il relevait d'une période d'aphasie, légèrement corrigée par une orthophoniste, gardait d'un AVC une hémiplégie atténuée par un kiné, mais irréductible, et une colère universelle contre son affaiblissement en cours.

Fâché contre son sort, contre les siens les plus dévoués, sa femme et sa fille aînée, Maria Bila, dont l'assistance, exagérée à ses yeux, soulignait son effondrement.

La cadette, c'était autre chose. Elle avait le mérite de ne pas se croire obligée de se mettre au service d'un impotent. Ce qu'il lui reprochait était plus ancien : il avait cru en elle, l'avait programmée pour le chant lyrique, la voix de soprano, son idéal, et elle n'avait rien voulu entendre de lui. Aux dernières nouvelles, elle avait fini standardiste, franchement, avec une voix travaillée comme la sienne.

Pour une fois qu'elle reparaissait à la maison, il avait bien envie de l'engueuler. Son état ne lui permettait pas de dépasser le stade du bougonnement rentré.

Pour Mme Bila, cette rage renforcée par la maladie masquait un vieil amour et les déceptions qui l'avaient accompagné, les restes d'une tyrannie domestique qu'on ne regrettait pas plus que ça. Elle s'en accommodait, maintenant qu'elle avait le contrôle total de la situation et des soins.

L'incident impliquant Iris risquait de jeter la pagaille, c'est pourquoi il valait mieux l'avoir sous la main. Tout faire, depuis le début, pour empêcher le père de découvrir la promenade dénudée de sa fille sur un toit. Quelles qu'en soient les raisons, ce serait le coup fatal. Sa première pensée, à l'instant où la police l'avait prévenue : d'abord protéger son mari, le tenir à l'écart des contrariétés, lui que tout contrariait par principe.

Iris Bila s'est vite dit qu'elle était réduite au sort de son père. Il n'était pas moins séquestré qu'elle. Le mot commençait à s'imposer à elle. Un homme gardé dans sa chambre à part, comme elle. À qui on concédait l'usage d'une tablette, pour être tranquille, comme à un enfant.

Avec sa seule main valide, il explorait nuit et jour les sites où dégoter une rareté mise en ligne récemment, les archives des plus grandes sopranos du siècle passé. Un goût antérieur à son AVC, amplifié depuis, et exclusif.

La grande inquiétude de Mme Bila : les sauts perpétuels de son mari, de site en site, pourraient le conduire, par accident, les réseaux se croisant sans limites, jusqu'aux vidéos annoncées par la policière Jeanne. Encore un coup fatal en perspective.

Elle était prête à arracher le fil de la fibre. La censure ne la scandalisait pas. Dans les circonstances, les demandes d'interdiction se multipliaient, toutes sortes de catégories s'y mettaient, pourquoi pas elle ?

La seule voie de salut, la dictature, au moins familiale. Cela avait permis de soustraire Iris aux abus du système hospitalier. Si on l'avait laissée aux mains des autorités, elle serait, à cet instant, soumise à des examens, à des questions incessantes, pour lui faire cracher des horreurs et les publier, pour transformer la vie de la famille en un fait divers public qui n'aurait pas manqué de tuer le malade principal.

Vaseuses, les justifications de sa mère, pour Iris. À l'entendre, après le père, c'était sa fille la première bénéficiaire du régime contraignant auquel elle était soumise. À la première remarque, elle avait droit à un calmant, hors de toute posologie.

Les phases d'extinction succédaient aux phases d'agitation, qui allaient gêner le repos du père. Le périmètre autorisé se rétrécissait autour d'Iris, sa porte s'ouvrait plus rarement, ses appels tombaient dans le vide.

Elle réclamait de nouveaux vêtements bien à elle. Rien de disponible dans les placards, hormis de vieilles tenues maternelles. La lutte vestimentaire se prolongeait. Iris Bila se proposait, puisque sa mère refusait de la laisser retourner rue Soufflot, sous prétexte que le studio sous les toits avait probablement été mis sous scellés, de passer commande sur Internet.

Son smartphone devait être resté dans l'appartement, ou saisi par la police, sûrement. Pas d'autre matériel dans la maison de Neauphle-le-Château que la tablette de M. Bila. Hors de question de la subtiliser, selon la mère, il deviendrait fou.

Pendant son sommeil, il n'y verrait rien, vraiment ? Détrompons-nous. Sa faiblesse n'était que physique. La baisse des facultés cognitives, une blague des spécialistes pour entretenir un état végétatif et masquer leur incompétence. Cet homme était parfaitement capable de suivre l'historique de ses recherches et de les parcourir inlassablement. N'abusons pas un père parfait diminué.

Une intermédiaire dans les négociations s'imposait, la grande sœur Maria. Elle aussi avait trahi le rêve du père de faire d'elle la plus grande soprano du nouveau siècle. Dès la naissance... Maria... Bon, Maria... Elle s'était révélée encore moins douée qu'Iris sur ce point, raison pour laquelle il s'était rabattu un temps sur sa cadette, avant que celle-ci ne plaque elle-même les études musicales, d'une exigence inaccessible pour elle.

L'aînée s'était rattrapée sur d'autres plans que le chant. Polytechnicienne, un conjoint polytechnicien, des enfants prometteurs. Certes, elle s'était révoltée contre les avantages d'un trop bon poste chez Total, pour se mettre au service d'une start-up innovante dans le domaine de l'écologie. Dans les circonstances, elle s'était réfugiée avec sa famille, à l'ouest des Yvelines, dans une maison rustique du Perche, à Manou, pour mieux travailler à distance.

Elle avait toujours eu pitié de sa petite sœur ; moins de facilités, peu de réussite, standardiste à l'hôpital Lariboisière, aux dernières nouvelles. Elle avait mis du temps à s'y résoudre, elle pensait depuis peu qu'Iris méritait un coup de main, si elle ne le refusait pas. Elle le refusait toujours.

L'état dans lequel Maria Bila voyait sa sœur chez ses parents lui semblait une bonne occasion de se porter vraiment à son secours pour la première fois, sans craindre une rebuffade.

Maria s'autorisait des visites, s'inquiétait des mesures radicales de leur mère, promettait de fournir des vêtements à Iris, puisqu'elles étaient de taille voisine. Des vêtements de sa garde-robe personnelle ? Pas question, ni pour l'une ni pour l'autre.

Pour en commander, il faudrait un téléphone, une carte bancaire. Avec quel argent ? C'était bien Iris, toujours à court. Circonstances exceptionnelles, Maria acceptait de la dépanner. Un smartphone bon marché, une carte limitée, cela suffirait ? La polytechnicienne rebelle ferait cet effort, à sa portée.

Mme Bila a été tenue à l'écart des tractations. Elle s'y serait opposée. C'était comme offrir à un otage les moyens de s'échapper. Maria l'assurait de son soutien moral. Passer du temps avec sa sœur soulagerait la famille, la fille idéale.

Les deux partageaient une joie inhabituelle de se retrouver, un peu forcée, trouvait la mère. Première fois qu'elle les entendait échanger des points de vue sur des tenues vestimentaires. Pourquoi était-il soudain question d'un pull à rayures, d'esprit marin, d'un pantalon bleu plus lâche, plus slim ? Prometteur de grand large, n'importe quoi.

Elles attendaient les sorties de Mme Bila pour se parler mieux, se parler enfin.

Qu'est-ce que c'était que cette marche sur un toit ? Sans parler de la tenue. Iris se fermait aussitôt. Si les parents les entendaient.

L'ennui, ce n'était pas les parents, selon Maria Bila. Leur inquiétude était respectable, il ne fallait pas s'opposer à eux par principe. Le plus grave, comme l'avait laissé entendre la policière Jeanne, c'était les images. Elle avait vu, malgré elle naturellement, les premières séquences sur les réseaux, troublant.

Les voir ensemble ? Trop tôt. Dès qu'Iris serait rétablie. Dès que leur mère serait rassurée sur les raisons qui l'avaient menée là. Lesquelles d'ailleurs, sans avoir l'air d'insister ?

Un froid supplémentaire, Iris Bila allait soupçonner que le rapprochement de sa sœur était stratégique. Une brillante manager comme elle, émissaire des parents. Elle avait toujours été de leur bord, contre elle, jamais aussi attentionnée qu'elle l'aurait attendu d'une aînée, ni aussi bien intentionnée. Ce qu'elle avait entendu sur les standardistes, passons sur le reste.

Si Maria s'installait à côté d'elle pour lui extorquer des confidences, elle perdait son temps. Qu'elle descende plutôt au bureau de tabac le plus proche, si elle en trouvait un ouvert, pour lui acheter un téléphone, sinon qu'elle lui en commande un en accéléré, puisqu'elle refusait de lui prêter le sien. Jamais rien prêté, de leur vie de sœurs.

Elles se sont quittées sur cette promesse, à peine perçue par Iris qu'un somnifère venait d'achever. Demain sans faute.

Qu'est-ce qui arrivait à M. Bila ? En pleine nuit, alors qu'on avait réussi à anesthésier Iris si agitée, peut-être malade, il mettait les haut-parleurs à fond. Cela ne lui arrivait jamais, l'habitude des écouteurs, dans son monde, à l'écoute exclusive des grands airs de soprano.

Et là, son maximum. C'était réussi. Mais qu'est-ce qu'il cherchait ? Reconnaissons que personne ne lui avait fait de recommandations. Et la musique ne s'arrêtait pas, ni ne faiblissait.

La mère est sortie de son lit, Iris l'avait précédée auprès de son père. Tiens, sa porte n'avait pas été fermée à clé, contrairement à ce qu'avait prétendu Maria en la quittant. Ne faire confiance à personne.

Les récriminations, les cris renforçaient la panique apparente du père, son seul bras valide tournoyant dans le vide, à la recherche d'on ne savait pas trop quoi, un fil, une prise, ou faisant obstacle aux tentatives d'assistance de la famille. Une de ses colères d'homme blessé par son impuissance à agir.

Pour revenir à l'apaisement, et puisque le mal était fait, Iris a proposé à sa mère d'attendre la fin de l'air. Il n'était pas si long. Elle le connaissait bien. Un air du temps de ses études forcées, disons ratées. Il en restait quelques traces, pas si insupportables.

Un air de Liù, dans *Turandot.* Puccini. Écrit en surimpression sur l'écran de la tablette, et sous-titré. « Écoute, seigneur ! », « *Signore, ascolta!* »

Écoute, qui devait écouter qui ? Un père quasi aphasique montait le son, faisait entendre la voix d'une autre, pour dire quoi ?

Trop perdu dans son nouveau monde pour avoir l'intention de dire quoi que ce soit, selon Mme Bila. Pas si sûr, a dit Iris.

Liù, c'était bien une esclave, dans cette chinoiserie incompréhensible de Puccini. Une esclave amoureuse et suicidaire.

Et alors ?

Alors rien. Un vieux père hors jeu s'acharnait à prouver qu'il était encore traversé de bribes du réel. Si une esclave appartenait au réel contemporain, et une amoureuse, et une suicidaire…

Un homme qu'on tenait à l'écart, pour son bien, des événements familiaux en cours, d'où aurait-il sorti des allusions aussi subtiles ? Laquelle des filles lui avait parlé ? Aucune des deux, juré.

Le pire s'était peut-être produit : fourré en permanence sur Internet, l'homme qu'on croyait dépassé aurait vu ce qui y tournait depuis des heures, les plans d'Iris sur un toit parisien. Il l'aurait reconnue, offerte à tous, suicidaire ou esclave, ou les deux.

Non, non, ne pas pousser le délire aussi loin. Impossible de concevoir une telle conjonction d'événements. Au mieux une intuition propre aux familles, si cela existait. Les demi-mots originels, datant de l'enfance perdue, privés de tout complément, cela permettait à un quasi-muet de se faire entendre ? Écoutons-le.

Non, ne l'écoutons surtout pas.

La dernière longue note de la soprano Anna Netrebko épuisée, le son coupé, chacun était invité à se renfermer dans sa pièce. Administration de calmants de tous les côtés, l'issue obligée si on tenait à rétablir un semblant de paix dans cette maison. Autrement dit, séquestration chimique, a laissé glisser Iris Bila, en regagnant sa chambre. La léthargie, un autre idéal familial, à demi-mot.

Oui, si la léthargie permettait de suspendre toutes les saletés en cours, pas de remords pour Mme Bila, et elle a refermé la porte de son mari, puis la porte d'Iris, à clé.

Maria Bila, sommée de revenir du Perche pour épauler sa mère, n'a pas tardé. Sac de vêtements à la main, smartphone à mettre en fonctionnement, elle tenait parole, mais il y avait plus grave à régler que les bizarreries sonores d'un père malade.

Un détail l'intriguait, visible sur tous les écrans, demandait une explication. Iris était-elle prête à visionner des séquences plus que choquantes ? Enfermons-nous toutes les deux, autant tenir la mère à l'écart d'un tel spectacle.

Contentons-nous d'une seule pour le moment, si on ne tenait pas à se faire trop de mal, et allons directement à la fin, là, quand Iris se débat avec la couverture de survie des pompiers, et reçoit une veste jaune des mains d'un inconnu. À moins qu'elle ne le connaisse très bien, cet inconnu ?

Ce passage, plus que le début de la séquence, dégoûtant, où sa sœur était offerte en spectacle, l'avait perturbée toute la nuit. Elle se le repassait en boucle. La doudoune, là, c'était bien celle qu'Iris conservait dans sa chambre ? Sur le dossier de la chaise de bureau, négligemment accrochée, cette pelure ? Un type l'avait sur le dos, la retirait, l'offrait dans la confusion, on imaginait pour quelques minutes, avant de la récupérer, comme il se devait, et, vingt-quatre heures plus tard, on retrouvait cette tenue jaune pétant sous ses yeux, dans la chambre d'Iris.

Parlons d'une coïncidence, tout le monde portait ce style de veste, de cette couleur ? Pas de coïncidence, une raison pour la garder, une raison avouable ? Maria Bila a fait les trois pas nécessaires pour s'en emparer, senti sur son dos la main d'Iris, bien vigoureuse pour une malade sous calmants. Qu'elle ne touche pas à ça.

Elle ne s'était donc pas trompée. Le type d'en bas jouait un rôle dans l'histoire, pourquoi le cacher ? Si des enquêteurs épluchaient ces séquences, comme ils ne manqueraient pas de le faire, cette veste matelassée leur apparaîtrait comme une pièce décisive. Il était urgent ou de se débarrasser de cette fripe, ou de la remettre aux autorités.

D'abord, elle trimbalait peut-être, dans les circonstances, toutes sortes de virus. Si Iris avait des scrupules à dénoncer quelqu'un, aux ordures la sale veste, on n'en parlerait plus. Maria voulait bien s'en charger. Elle avançait la main, parvenait à saisir une manche, Iris s'accrochait à l'autre, y mettait ses dernières forces.

Sans un cri ni un mot entre les deux sœurs, la méchanceté silencieuse, jusqu'à ce que la porte s'ouvre. Dans l'ouverture, la petite roue avant du fauteuil roulant de M. Bila. Les filles ont arrêté de tirer sur les manches, vite auprès de papa, une demande urgente, un besoin, un malaise ? Il n'aimait pas qu'elles se disputent, ont-elles cru comprendre à travers sa voix encombrée. Non, elles ne se disputaient pas.

Il ne les lâchait pas, elles se trompaient, il ne venait pas interrompre une dispute, puisqu'elles ne parlaient pas. Son phrasé désaccordé cherchait sa voie, il a réussi à se faire comprendre : besoin d'aide pour rebrancher les haut-parleurs, des fils emberlificotés, depuis la nuit ; privé de musique, le seul malheur sur la terre. Rien d'autre, vraiment ? Il secouait la tête.

Maria a rétabli les circuits en quelques instants. Essayons voir. Ça marchait. Qu'est-ce que leur père avait envie d'écouter ? Pas envie d'écouter, faire entendre, se faire entendre. Fermons les yeux. Pas besoin de le dire, il leur montrait l'exemple.

Elles les ont fermés, le son a mis du temps à monter, un des airs les plus étirés de Puccini, tendu à craquer, Iris l'a reconnu après quelques mesures, « *Un bel dì, vedremo* », *Madame Butterfly*, « Un beau jour, nous verrons », annonciateur d'un retour heureux, si la Callas ne le conduisait pas au déchirement final.

Depuis toujours il avait terrorisé ses filles avec la Callas, le modèle insurpassable qu'elles devaient imiter, ça ou rien. Première fois que ses filles se trouvaient réunies chez lui depuis une éternité, il en profitait pour revenir à la charge avec la Callas.

Maria l'a mal pris, ce n'était pas le moment, dans son état, de jouer les tyrans domestiques pour reprocher une nouvelle fois à ses filles de ne pas avoir été à la hauteur de ses espérances, et de les écraser encore et encore.

Pour Iris, c'était tout le contraire, « *Un bel dì, vedremo* », pas une tentative d'écrasement, un encouragement. Le seul à la comprendre ici. Un vieux tyran malade, oui, mais il ouvrait le passage à sa fille, « Un beau jour, nous verrons », le retour heureux, ce serait pour plus tard. D'ici là, glisse vers où tu voudras. Mieux qu'un encouragement, une invitation à foutre le camp, et vite, si déchirant que ça paraisse à Maria Callas.

Ne coupons pas les haut-parleurs, comme le réclamait la mère.

Trouve un autre air dans ta playlist, papa, à mettre à fond pour accompagner le départ de ta petite fille.

Si Iris décryptait de travers le message de son père, et celui de Puccini, s'il n'y avait aucun message à décrypter, comme le pensait Maria, c'était sans importance. Un beau jour, ils verraient. Et le beau jour était plus proche qu'on ne le pensait.

C'est Iris, cette fois, qui a bouclé sa porte, la veste jaune moutarde à portée de main, accrochée au montant du lit, pas le droit d'y toucher, en attendant.

C'était fait.

La première étrangeté : le temps qu'il faut pour prendre conscience d'une absence.

Passages répétés devant la porte trop longtemps fermée d'Iris Bila, puis entrouverte par Mme Bila, rassurée par ce relief roulé en boule sur le bord du lit, orienté vers la fenêtre, lui tournant le dos, une habitude remontant à l'enfance.

Le doute, quand il a émergé, n'avait pas encore de consistance. Personne n'interprète au bon moment les signaux qui lui parviennent. Il manquait quelque chose, impossible de dire quoi, jusqu'au flash.

Le plus voyant manquait, et on était passé à côté. Pas Iris, la veste jaune rembourrée, en évidence depuis que Maria Bila avait attiré l'attention sur elle, et disparue, et introuvable. Alors le corps d'Iris aussi, invisible. Ce tas en boule, le truc classique de la fugue.

Pas un départ, pas une fugue non plus, une évasion. Et passée inaperçue, comment était-ce possible ? Une évasion, dans l'imaginaire, on saute d'un premier étage. Fenêtre fermée de l'intérieur, tout à revoir.

Un départ classique, par la porte, on croise quelqu'un, on fait ses adieux. Iris gagnant en pleine nuit la porte du pavillon de Neauphle-le-Château avait toutes les chances de tomber sur son père insomniaque, du moins de le réveiller, malgré le calmant de la veille, engoncé dans les voix de chanteuses mortes.

Interroger M. Bila, une épreuve, des signes, des sons qui peinent à remonter. Mme Bila et Maria le pressaient, une torture. Pour finir, deux mots traînants, pas nets, qu'il a été forcé de répéter dix fois, un effort surhumain. Ombre jeune ? Jeune ? Ou jaune ? Ombre jaune. Mais sa porte était supposée être fermée. Iris aurait eu le culot de la pousser ? Lui aurait dit au revoir ? Au revoir, à lui seul ? Et il a laissé faire. Laissé filer sa fille. Protégé sa fuite. Encouragé sa fuite.

Sur l'écran de la tablette, la bouche grande ouverte d'une cantatrice tenait une note silencieuse. M. Bila semblait dépassé par les questions, uniquement préoccupé par ses écouteurs, que sa femme l'avait forcé à retirer.

Fouillons la chambre : tout le passé était resté intact. Iris ne s'était chargée que des objets les plus récents, les vêtements apportés par la sœur, une trahison, et le téléphone de remplacement. Et, naturellement, la veste jaune.

Dans son état, il n'était pas permis de penser qu'elle avait pu prendre seule une telle initiative. Elle avait reçu une aide. Celle du porteur de la veste, sait-on jamais. Maria Bila était remontée contre celui-là. On pouvait tout craindre de lui. Un enlèvement, l'enlèvement d'Iris, la seule alternative crédible.

Pas trop vraisemblable, un enlèvement sans bruit ni dégâts. Et avec des adieux au père.

Dans certaines circonstances, les explications invraisemblables rassurent. On préférait une victime à une coupable. On savait si peu de la vie d'Iris depuis des années, si secrète. Elle se hérissait à la moindre question personnelle. Débrouillons-nous avec ses silences.

Ce qui l'avait amenée sur un toit. Ce qui l'avait empêchée d'en tomber. Elle esquivait les réponses, comme à chaque tournant de son existence.

Si au moins elle était tombée, elle nous aurait réconciliés, tous.

Elle leur faisait dire des horreurs. Elle les avait toujours poussés à bout. Des cuites pas possibles à l'adolescence. Quand les parents des copines la ramenaient à la maison. Si ce n'était pas un flic du commissariat. Sans compter divers produits, des fréquentations. Avec elle, la honte menaçait sans cesse de retomber sur la famille. Corps étranger, pourtant on l'aimait comme personne. Vraiment personne.

Disparition, fugue ou soupçon d'enlèvement, la conclusion inévitable serait d'alerter les services compétents, hôpitaux, pompiers, police. Maria Bila ne voyait pas comment échapper à une telle démarche.

Elle n'y pensait pas. Pour Mme Bila, le remède serait pire que le mal. Avoir fait ce qu'elle avait fait pour sortir sa fille de la Pitié-Salpêtrière et revenir pleurer deux jours plus tard, sous prétexte qu'elle se serait évaporée, c'était se couvrir de ridicule. Plus important que tout, le ridicule. Plus important que la vie d'Iris ? Peut-être bien. Une pensée atroce de plus n'enlevait rien à l'amour.

S'il n'y avait que le ridicule, mais on subirait aussi les soupçons. Une fille soustraite à la médecine et aux autorités pour permettre aux proches de se débarrasser d'elle. Personne ne comprendrait qu'une mère n'avait agi de cette manière que pour préserver sa famille de toute honte sociale.

La défaillance du père, depuis son AVC, elle l'avait cachée aux voisins, au reste de la famille. Alors la fille sur un toit, la fille toute nue, la fille en fuite, c'était trop d'exhibition. Faisons parler de nous le moins possible. Surtout ne pas endosser le rôle de la famille de victime.

Elle trouvait incroyables ces familles qui, au meurtre d'un de leurs enfants, à la disparition d'un de leurs membres, se métamorphosaient en acteurs de premier plan, acceptaient des interviews, pleuraient et souriaient en coin, se rengorgeaient sous les yeux de la presse, avant, parfois, d'être mis en cause, salis ou condamnés.

Pas la famille Bila. Elle préférait s'extraire du jeu, renoncer à la protection des autorités, au risque de l'accusation de non-assistance à personne en danger. Mme Bila comptait sur Maria, une fille comme elle, supérieure comme elle, elle saurait se débrouiller pour localiser, isoler et protéger sa sœur, et épargner sa famille.

Blaise Astor, après avoir embouti l'aile droite de sa berline, avait retrouvé ses esprits ; trop lentement : quand il s'est présenté aux urgences de la Pitié-Salpêtrière, la dame de l'accueil n'a rien compris à ses explications.

Réclamer une doudoune ? Ce n'était pas les Objets trouvés ici. Une patiente vêtue de jaune ? Ce n'était pas la même chose, réclamer quelqu'un. Et il ne connaissait pas son nom ?

Blaise s'est enferré. Ce n'était pas quelqu'un ou quelque chose qu'il cherchait, seulement récupérer ses papiers subtilisés avec sa veste par une patiente inconnue. Il embrouillait tout, la confusion s'est installée, l'agité n'inspirait pas confiance, le ton est monté.

Qui était-il pour avoir de telles exigences ? Justement, il n'avait plus les moyens de prouver son identité, c'était le sens de sa visite. Une attitude tellement suspecte pour la dame qu'elle lui a proposé d'attendre la police pour éclaircir la situation. Entre l'internement et l'intervention policière, il n'a pas eu envie de choisir, n'a plus rien demandé.

Depuis cet échec, le marasme continuait. Blaise ne se voyait pas expliquer dans un commissariat comment il avait perdu ses papiers, mais comment les récupérer autrement ? Il tournait en rond, repassait, à l'occasion d'une rare course, par la rue Soufflot, comme s'il était possible de retomber sur la fille de l'autre jour, qui s'était raccrochée à lui, avant de lui être enlevée par les autorités.

Son visage l'obsédait, la confiance qu'elle avait mise en lui quelques instants, dans son désarroi, un lien secret, cela avait un prix. Depuis, elle était comme dépositaire de son identité, ce qui lui donnait une valeur supplémentaire.

Il ne parvenait pas à se débarrasser de cette image. Cela ne l'aidait pas dans son travail. De toute façon, dans les circonstances, la clientèle se pressait moins que jamais.

L'état de la Lexus de Blaise Astor, signalé dans les commentaires des rares clients, n'arrangeait rien. Une pièce de carrosserie enfoncée, ni rassurant ni élégant. Le chauffeur restait correct, mais on avait sa dignité, ne pas circuler dans une voiture cabossée, laissant craindre des insuffisances mécaniques plus graves.

La cote de ce VTC souffrait, et pas les moyens de faire réparer l'aile pour le moment, le cercle vicieux.

La première demande de course de la matinée, sur le côté de la gare Montparnasse, boulevard de Vaugirard, il était temps. Si la voiture se garait de l'autre côté du boulevard, son aile avant droite passerait inaperçue. Toutes les ruses étaient permises, au risque de faire renverser le client obligé de traverser précipitamment.

Risque minime, circulation toujours aussi réduite en cette période, pas grand-chose à craindre.

La cliente annoncée, surgie d'on ne savait où, s'installait derrière le chauffeur, sans un bonjour, direction hôpital Lariboisière, comme prévu.

Le temps d'un demi-tour pour retrouver l'avenue du Maine, Blaise Astor prenait un premier risque inconsidéré, une camionnette, la seule à circuler dans tout Paris, l'évitant de justesse. Son appréciation sur le site en prendrait encore un coup.

La cliente ne manifestait aucune désapprobation ni inquiétude. Le chauffeur a trouvé le moyen de s'enfoncer tout seul, en soulignant le relâchement de sa vigilance, encouragé par l'absence de trafic.

Elle a tenu jusqu'au Châtelet, avant de lui avouer qu'elle se foutait de toutes ses erreurs de conduite. Elle avait remarqué au premier coup d'œil qu'il avait dû passer son permis de conduire tardivement. Est-ce qu'il l'avait eu par la voie légale au moins ? Frais arrivé dans le métier, c'était évident aussi. Et alors ?

Elle était observatrice, il était prêt à en rajouter sur sa nullité, puisqu'elle ne semblait pas lui en tenir rigueur, s'en amusait au contraire. Ça le changeait des râleurs.

Pas observatrice, non, elle s'était contentée de lire les informations inscrites sur son permis de conduire et ses documents professionnels.

Blaise Astor a orienté son rétroviseur pour mieux faire entrer la femme dans son champ de vision, mouvement périlleux pour un conducteur peu expérimenté, une embardée sur le boulevard de Sébastopol, sans conséquence.

Arrêtons-nous un instant. L'hôpital Lariboisière n'était pas une destination en soi.

Observateur, le chauffeur l'était bien moins que sa cliente. À tous ses défauts, elle ne manquerait pas d'ajouter celui-là sur le site, son indifférence pour la clientèle.

Il aurait pu remarquer, au moment où elle s'était installée derrière lui, le paquet volumineux écrasé sous son bras gauche, repérable de loin pourtant, jaune, jaune moutarde. Ça en disait long sur sa perspicacité, un rien décevant, ne le cachons pas.

Les documents personnels et professionnels conservés dans les poches de la doudoune avaient permis à Iris Bila de retracer pas mal de choses et lui avaient donné les moyens d'attirer Blaise Astor jusqu'à la gare Montparnasse, lui seul, parmi tous les chauffeurs de VTC de la région parisienne.

Puisqu'on en était à se rabaisser, elle reconnaissait que sa présence était le résultat de petits calculs. Comme ce serait émouvant, une coïncidence. Retomber à quelques jours d'intervalle, sans l'avoir cherché, sur l'homme qui lui avait rendu service rue Soufflot.

Pas de coïncidence, non, un but, rendre à son propriétaire cette veste matelassée de marque, pas de saison, c'était vrai, surtout restituer cartes et papiers à qui en serait privé dans l'exercice de son métier, comme elle avait pu le constater en épluchant dans la nuit ces documents.

Aucune autre ambition que de lui éviter des tracas, les démarches administratives pour reconstituer son identité. Accessoirement, lui témoigner une certaine reconnaissance. Une certaine, oui, pas davantage. Sa veste rembourrée l'avait réchauffée au bon moment, une douceur bienvenue.

Elle le remerciait d'avoir été son sauveur ? Il n'aurait pas cru. C'était gentil de sa part.

Son sauveur, n'exagérons rien. Prétentieux avec ça, Blaise Astor, une nouvelle appréciation qui le plomberait sur le site, au milieu des compliments introuvables.

Ils ont poussé jusqu'à l'hôpital Lariboisière, un chauffeur honnête devant remplir ses devoirs à la lettre.

Procédons à la restitution de la veste et des documents. Vérifions s'il n'en manque pas un. Pas de suspicion déplacée, toute confiance, si une femme avait fait le déplacement pour lui, quand il l'imaginait en soins intensifs, dans un autre hôpital, après cette expérience, une expérience…

Le mot « expérience » n'était pas plus pertinent que le mot « sauveur ». Il n'était pas plus doué avec les mots qu'avec la conduite. Avec lui, les mots partaient de travers.

Pas facile de discuter avec cette cliente. Le mot « cliente » ne convenait pas non plus. Pas moyen d'échanger avec elle, de près comme de loin, comme il en avait déjà fait l'expérience l'autre jour aux abords du Panthéon.

Encore le mot « expérience » utilisé de travers. Cet arrière-plan, qu'il ne fallait pas nommer, ne facilitait pas le dialogue. Pourtant, il n'y aurait eu aucun dialogue possible entre eux, sans cet arrière-plan.

Parlons-en. N'en parlons pas. Pas tout de suite. Une suite serait possible, alors que la course était terminée ?

Elle lui rendait sa liberté, c'était juste, ainsi que sa tenue de travail d'une drôle de couleur. Moutarde, les couleurs les plus dégueulasses étaient les plus appréciées dans la mode, qu'est-ce qu'on y pouvait ?

Un étonnement avant de se séparer : aucun des deux n'en avait fait la remarque jusqu'ici, obsédés qu'ils étaient par la seule doudoune jaune, n'était-ce pas une véritable coïncidence, bien plus troublante, de se voir affublés tous les deux d'un pull marin à rayures bleues, hors mode celui-là, le genre intemporel ?

Si Iris tenait à nier le hasard, elle aurait du mal à justifier ce choix vestimentaire quasi identique. Pas un choix bien réfléchi dans son cas, un achat à la va-vite, sous le contrôle de sa sœur aînée, chez ses parents où elle avait été contrainte de se réfugier.

Évidemment, comme l'a fait remarquer Blaise Astor, elle avait un besoin pressant de reconstituer sa garde-robe.

Il aggravait son cas : ce n'était plus un mot de travers, la phrase tout entière. Il n'avait pas besoin d'insister comme ça sur sa nudité initiale. Contrairement à ce qu'il avait l'air d'imaginer, elle en était mortifiée à vie.

Blaise Astor reculait. La fille lui volait dans la bouche, dès qu'il l'ouvrait. Il ne dirait plus rien. Afficher sa pudeur, carrément sa pudibonderie, quand on avait déambulé à poil un temps indéfini sur les toits de Paris, cela réclamait un niveau de réflexion hors de sa portée, au coin de la rue de Maubeuge.

Contentons-nous de sourire de ce minuscule signe de connivence : avoir endossé, peut-être à une seconde près, en se levant de bonne heure, ce pull à rayures bleues, certes une tenue des plus communes, et restons-en là.

L'échange des services à son terme, rien ne les retenait.

Rien, si ce n'est qu'elle n'avait rien à faire à l'hôpital Lariboisière. Elle y travaillait, oui, pas trop régulièrement en ce moment ; les circonstances. Une autre destination en tête ? Aucune, alors adieu.

Adieu, il cherchait comment s'y prendre pour reculer l'adieu. Un mot de travers était si vite arrivé, une phrase, n'en parlons pas. Il n'a pas pu s'empêcher d'en commencer une. D'où lui venait-elle ? Il n'aurait pas su le dire, une sorte de logorrhée, d'une voix trop haut perchée, comme il en jouait au temps où il faisait des doublages de films étrangers ou de dessins animés, son autre métier, avant de finir chauffeur de VTC.

Il l'a embarquée, pour reculer l'adieu, dans une histoire aussi branque que celle des cartoons, à toute allure. Il espérait rattraper sa bourde de tout à l'heure. Elle n'allait pas le croire, il s'était trouvé une fois dans une situation semblable à la sienne. Pas sur un toit, mais pas plus habillé, et publiquement.

Il était sûr que c'était une bonne idée de poursuivre cette histoire ?

Attendez, attendez. Une année de voyage en solitaire, Thessalonique, le nord de la Grèce, un sale temps froid sur la place Aristote. Abordé par une passante, petite, un peu ronde, trop jeune peut-être, alpagué vite, trop vite. Ils parlaient un anglais approximatif, elle changeait d'accent à chaque phrase, Albanaise, Syrienne, migrante ou pas, le flou l'amusait, son culot aussi.

En moins de cinq minutes, elle se haussait jusqu'à lui pour des baisers sur la bouche, prenait sa main, la mettait sur son ventre. Pas sûr de saisir le mot qu'elle répétait, *pregnant*, enceinte ? Pas une accroche classique de prostituée, *pregnant, pregnant*. Ou bien elle lui demandait de la mettre enceinte, pour obtenir la protection attachée aux mères ?

Il aurait mieux fait de filer au Musée byzantin, comme il en avait l'intention. La petite l'a emmené dans son mélange d'implorations et de légèreté, ne lâchait plus sa main sur son ventre. Il suivait, amusé et inquiet, le naïf conscient.

Sur le front de mer, un rez-de-chaussée, une entrée pisseuse, à droite une chambre, à peine une chambre, un matelas par terre, pas moins pisseux.

La fille parlait de ses parents, si importants pour elle, réfugiés comme elle, toujours pas un discours de prostituée classique. Elle l'a invité à se préparer, lui a montré la chaise où poser ses vêtements, dans l'entrée. Elle l'imiterait, elle avait de l'ordre.

Elle lui demandait quelques instants pour s'apprêter dans la salle d'eau attenante, avant de lui apporter le paradis. Elle lui annonçait son retour avec des bijoux, rien que pour lui. Ça commençait à tourner kitsch, Thessalonique hors du monde, il préférait en rire.

Les préparatifs se poursuivaient. Il avait tout bien fait, son jean plié, son blouson sur le dos de la chaise. Elle prenait son temps, un petit signal de temps en temps pour dire que c'était pour bientôt. Il s'assoupissait. Pas longtemps, bruit de la porte refermée en douceur, l'ombre. Il imaginait la fille approcher, furtive, noces à l'ancienne.

Et puis rien, un coup de froid pas trop érotique sur son matelas à ras de terre. L'évidence, personne ne se présentait. Le seul son perceptible, s'il fixait son attention, le goutte-à-goutte d'un robinet dans la salle d'eau désertée. La fille avait reculé, comme il l'a pensé dans un premier temps, pas du tout une pute expérimentée, il aurait dû s'en douter.

Restait à se rhabiller et à la remercier de ne pas être allée jusqu'au bout. C'est seulement alors qu'il a pris conscience de la disparition de ses vêtements pliés à l'entrée, à l'exception de ses baskets. Il se retrouvait à poil avec ses baskets. Ses papiers, ses cartes et ses quelques euros, tout disparu, et pas un drap dans la pièce pour se faire une toge à la grecque et sortir décent.

Le ridicule de sa vie. Obligé de fuir un bâtiment à l'abandon, destiné à gruger les touristes naïfs. Il cherchait une rue à l'écart, où il n'aurait pas à affronter la foule. Un seul passant lui suffirait qu'il pourrait apitoyer le temps qu'il lui donne de quoi se couvrir et l'accompagne à la police.

Sa chance, le premier qu'il a rencontré lui a tendu son jean, prétendant l'avoir ramassé par terre à l'instant, poches vidées naturellement. Blaise Astor l'a remercié de tout cœur, avant de s'aviser, à sa tête goguenarde, que ce devait être un complice de la femme, tenue sous sa coupe.

Pourquoi raconter cette histoire à Iris Bila ? Ce n'était ni un mot ni une phrase de travers, une histoire entière de travers, cette fois. Il n'avait pas réfléchi à la portée de son récit. Si son idée était d'inverser les rôles, en se faisant apparaître nu publiquement, pour lui montrer qu'il avait partagé et compris sa honte, c'était raté. Elle en déduisait plus simplement qu'il la voyait comme une pute, et une pute réfugiée chez ses parents, comme la fille de son histoire.

Il se défendait, s'enfonçait, voulait prouver que ce souvenir l'avait incité à lui proposer sa veste pour la couvrir et lui éviter la gêne qu'il avait éprouvée à Thessalonique. L'humiliation subie les rapprochait, non ?

Il progressait. Pourtant, il n'était pas sûr qu'on se rapproche de quelqu'un en lui racontant, dès le premier quart d'heure, ses expériences ratées avec une prostituée, peut-être mineure.

Oublions la prostituée, d'abord c'était moins une prostituée qu'une voleuse.

Accessoirement, si Iris Bila acceptait de l'écouter quelques secondes supplémentaires, le point de rencontre le plus important entre les deux histoires était la perte de ses documents d'identité et de son argent, qui semblait le poursuivre à travers les époques et les pays. Avec une issue heureuse, cette fois-ci, puisque Iris avait mis en œuvre tout un plan pour lui restituer ses biens.

Il avait à cœur de la remercier pour cette raison. Si c'était le seul bénéfice du récit stupide de ses mésaventures à Thessalonique, il ne s'en voulait pas de l'avoir forcée à l'entendre. D'ailleurs, il ne l'avait pas forcée. Il lui présentait ses excuses, si elle l'avait pensé, ses excuses pour sa maladresse. Il espérait seulement qu'elle déposerait une appréciation positive sur le site de VTC, pour remonter sa cote mal en point partout.

Il a enfilé sa veste jaune, frôlé mécaniquement ses poches intérieures gonflées par les porte-cartes, s'est obligé à prendre l'air satisfait du professionnel qui a accompli sa mission, s'est remis au volant.

La Lexus glissait vers l'avant, Iris Bila a eu le temps de s'accrocher à la portière. Pas le moment d'accélérer et de traîner par inadvertance une victime sur cent mètres. Elle s'est installée sur le siège passager.

Demander le but de la course, ce serait une nouvelle phrase de travers. Blaise Astor avait acquis suffisamment d'expérience en cinq minutes pour s'en abstenir.

Elle le laissait choisir l'itinéraire. Il pouvait y aller tranquille, elle n'avait pas les moyens de payer une nouvelle course. Qu'il se rassure, elle n'était pas *pregnant* et ne tenait pas à l'apitoyer avec ses parents, si déglingués qu'ils soient.

Roulons pour rouler, si ce n'était pas trop demander.

Ça ne la dérangeait pas qu'il parle de travers autant qu'il voudrait, du moment qu'il roulait droit.

Cette présence à côté de Blaise le bouleversait : ce visage l'avait obsédé depuis l'autre jour et il était là. Pas facile de le regarder encore et encore tout en conduisant.

Où en étaient-ils restés ? Aux excuses. Il s'excusait de sa maladresse d'avoir dressé un parallèle entre deux scènes de nudité qu'il était indécent de rapprocher.

Elle s'excusait de ne pas s'être présentée directement à lui avant de lui rendre ses affaires.

Il s'excusait de ne pas l'avoir reconnue, alors qu'il croyait avoir été pénétré de son regard, quand elle l'appelait de son toit.

Elle s'excusait du dérangement qu'elle avait provoqué l'autre matin.

Chacun sa honte, ils étaient à égalité.

Il s'est excusé encore, cette fois par anticipation, au cas où il se montrerait trop direct. Les mots de travers, comme elle l'avait remarqué, lui échappaient facilement. Il ne cherchait pas à la forcer, elle n'avait sûrement pas envie de s'étendre sur le sujet, mais il pensait que sa curiosité était légitime : qu'est-ce qu'elle foutait sur ce toit de la rue Soufflot, un 1er mai ?

C'était simple, si elle lui en voulait de sa question, elle avait le droit de lui demander d'arrêter la voiture et de claquer la portière.

Elle ne lui demandait rien, elle était sûre qu'il ne freinerait pas. Elle n'hésiterait pas à sauter en marche. Elle se sentait libre de sauter de n'importe où, s'il ne s'en était pas aperçu.

Elle était prête à lui créer les pires ennuis, s'il y tenait, puisqu'il s'était engagé sur le périph, porte de la Chapelle, pas commode de stopper en pleine voie. Elle était libre, accélérons.

Il l'avait déjà vue à l'œuvre, c'est certain qu'il pouvait s'attendre à tout avec elle, ce n'était pas pour lui déplaire.

Elle a laissé passer un temps. Répondre à sa question, elle en avait envie. Seulement, elle n'y arrivait pas. D'autres avaient cherché à la faire parler, c'était bloqué. Personne ne la croyait, mais tout ce qui précédait sa descente sur la grande échelle s'était effacé.

Comme il la comprenait, qu'elle prenne le temps nécessaire, cela remonterait un jour.

Il parlait comme un flic ou comme un lécheur.

Non, il ne faisait pas le lécheur. Qu'elle ne soit pas en état de reconstituer l'enchaînement des événements l'arrangeait au contraire. Après tout, s'ils roulaient ensemble en ce moment sur le périph, c'était bien à cause de ce vide initial. Sa nouvelle vie avait démarré là.

Sa nouvelle vie, il allait un peu vite. Sur quoi reposait-elle, sa nouvelle vie ?

Sur la doudoune jaune moutarde, un éclair dans le noir, si on la suivait. Elle était obligée de le reconnaître. Cet éclat de lumière, en plein flou, avait fixé son attention. Ça, elle s'en souvenait très bien. De lui, non, mais du mouvement pendulaire de sa doudoune en bas, oui.

Qu'il ne s'imagine pas que sa personne avait joué un rôle. M. Astor, le sauveur de dame, elle voyait qu'il avait envie d'y croire. La lubie de tous les mecs depuis la préhistoire. La vérité, c'était que seul un torchon lumineux et mouvant avait distrait sa panique. Que Blaise Astor se soit trouvé dissimulé sous ce torchon fluo ne changeait rien à l'affaire.

Elle le calmait. Il ne le prenait pas mal, puisqu'ils en étaient à tout se dire. Lui, il avait été attiré par la lumière spéciale de sa peau, qui ressortait bien dans la demi-obscurité. Désolé de le dire, le nu intégral, on ne voyait que ça, d'en bas.

Qu'elle le veuille ou non, le trou noir, si elle parlait d'un trou noir, les avait absorbés tous les deux. Deux étoiles scintillantes s'y étaient engouffrées, et il ne leur restait plus qu'à tourner en boucle sur le périph. Sauf si elle décidait d'ouvrir la portière tout de suite, pendant qu'il accélérait dans ce virage.

Pas très judicieuse, cette accélération, cela n'augmenterait pas sa note. Iris Bila était obligée de se cramponner au tableau de bord, comme sur le toit.

Elle ne tenait donc pas tant que ça à se jeter sur le périph ?

Elle n'était pas idiote, elle voyait bien ses petites provocations. Il se croyait capable de provoquer un électrochoc, un nouvel éclair. Pas indispensable d'attribuer autant d'importance à la doudoune lumineuse. Si elle avait concentré son attention sur elle, accessoirement sur lui, c'était à cause des smartphones exhibés par tous les autres.

Ça paraissait idiot, mais la question cruciale pour elle, ce n'était pas tomber ou ne pas tomber, mais pourquoi celui-là, l'unique avec sa grosse veste jaune, ne la filmait pas.

Les points lumineux se multipliaient, autant de vidéos lancées sur elle.

Pour elle, le spectacle, c'était ceux d'en bas. Ils ne se voyaient pas, tous le bras levé, pour se rapprocher du sommet, la main tendue comme pour un salut, comment dire, un salut romain, pire que ça, le salut nazi.

Elle ne faisait pas dans le détail, une bande de nazis, c'est ce qui l'avait révoltée, et, au milieu, Blaise Astor, le seul à sortir du moule des vidéastes nazis impatients de la voir se fracasser sur le bitume, sans en perdre une miette.

Non, elle ne délirait pas, enfin, pas complètement. Elle osait dire que, si elle avait tenu, au bord du toit, c'était pour lui contre tous les autres. Aussi hors du monde qu'elle, autant à contretemps.

Blaise Astor appréciait le revirement. Après avoir prétendu que la veste jaune comptait plus que lui, elle venait d'avouer qu'il comptait plus que la veste jaune. La contradiction le touchait. Il s'est tourné vers elle, en a oublié le périph.

Iris Bila a coupé sa rêverie d'une poussée sur le volant, pour rectifier la trajectoire. Sans elle, ils allaient s'emplafonner porte de Clichy.

La sortie tombait bien, retour sur terre, besoin d'une borne de recharge ultra-rapide pour la voiture. Désolé de devoir utiliser le smartphone nazi pour repérer la plus proche, en voilà une, à l'écart, pas trop fréquentée, au pied d'un alignement d'immeubles en verre. Un temps mort en perspective, bienvenu après l'émotion. L'émotion de quoi ? De quasi-déclarations ? N'allons pas trop loin trop vite.

Aucun des deux ne savait comment avait surgi l'idée.

Puisque le smartphone était allumé et qu'on patientait, ce serait facile à retrouver. Quoi ? Les images. Elle, lui, eux, elle surtout.

Facile, mais difficile à regarder, non ? Nécessaire, peut-être.

Discutable aussi. Visionner les vidéos mises en ligne par la bande de nazis qui s'obstinaient à lever le bras vers Iris Bila, tout ce qu'elle dénonçait cinq minutes plus tôt, cela pouvait lui être insoutenable. Et se mettre à deux devant un écran, pour meubler le temps, comme s'ils cherchaient une distraction devant une série de gags, pitoyable, non ?

Cela faisait beaucoup de contradictions. Ils hésitaient. Iris a signalé que sa sœur Maria lui en avait déjà montré quelques plans, lui en interdisant d'autres, censure familiale, elle connaissait. Cela les a décidés, aucune censure.

La voiture branchée, ils se sont renfermés dans l'habitacle. Succès immédiat à la première recherche, dix, douze propositions associées.

Une première séquence défilait, image tremblante, à la recherche de l'objectif mouvant, Iris Bila en équilibre entre deux chiens-assis, toute petite dans la profondeur de champ.

Blaise Astor observait que la nudité du corps ne sautait pas aux yeux. Plus lointaine que dans son souvenir, un effet de la captation d'image par un outil mécanique. Un voile de pénombre, Iris ne portait-elle pas une robe légère, à ce moment-là, ou un tissu qui lui aurait échappé ?

Elle a empoigné le smartphone de Blaise, il a cru qu'elle était déjà exaspérée. Elle allait fracasser l'appareil, il la comprendrait, mais non, elle enchaînait sur les vidéos suivantes, un bout, un commentaire, un mouvement rotatif, un zoom.

Les nazis erraient tous à la recherche de la proie sur le toit. Elle leur échappait, ça les agaçait. Des grossièretés ponctuaient leurs zigzags, se mêlaient à une compassion naissante, à mesure qu'ils se convainquaient d'avoir affaire à une suicidaire, la pauvre, fallait la retenir.

Quelques-uns privilégiaient le plan large, pour ne pas manquer le saut final, s'il se produisait, pas pour le spectacle, non, non, uniquement pour fournir un témoignage direct, mieux que des professionnels toujours à la bourre.

D'autres cherchaient le gros plan, avec des ricanements sporadiques, dès qu'ils avaient compris qu'elle n'avait plus ses vêtements, regarde ça, à oilpé, plus près, plus près. La gêne venant, certains rentraient dans leurs gorges leurs grognements de surprise.

Les déplacements désordonnés d'Iris étaient interprétés comme ceux d'une fille alcoolisée : elle maîtrise, là, elle maîtrise pas, regarde pas en bas, paraît qu'il y a un dieu pour les ivrognes, c'est le moment de lui faire une prière.

Ils avaient du mal à contrôler les remontées de rigolade, c'était nerveux, c'est ça, nerveux. À part ça, ils étaient prêts à aider la fille. Blaise Astor avait honte pour eux, avant de se rappeler qu'il avait partagé des réactions identiques, été traversé de sentiments pas plus reluisants.

Il a reconnu qu'il ne valait pas mieux que les autres, si son seul mérite était de ne pas avoir filmé la scène ni enregistré ses commentaires à voix haute. Pas beaucoup de mérite, son smartphone resté dans la voiture. Il se demandait s'il en aurait fait usage, s'il l'avait eu sous la main.

Iris a lancé une nouvelle séquence, la seule à être doublée d'une voix féminine, la seule à être dépourvue d'ironie, la seule à être portée par l'indignation. Blaise se souvenait de ses interpellations, la plus bruyante, parmi les témoins, reprochant à tous les autres de ne pas se porter au secours de la victime potentielle, sans pour autant s'y essayer.

Sa vidéo comportait les plans les plus larges et les plus mouvants. Plutôt que de se centrer sur la personne de la femme, elle balayait les alentours, comme pour traquer des responsables qui pouvaient se cacher partout, avant de zoomer, par exemple sur la doudoune jaune de Blaise Astor, qu'elle avait repérée, elle aussi. À partir de lui, elle remontait les étages, remettait Iris dans le champ, la laissait en sortir par la gauche, semblait perdre l'axe, plan-séquence désordonné, pour se figer sur la fenêtre fermée d'un chien-assis.

La commentatrice était sûre de voir apparaître une ou des silhouettes derrière la vitre, une tache ovale claire dans le sombre, en bas à gauche, un visage forcément, des yeux, en cherchant bien, au risque de l'autosuggestion. Pas un voisin, pour elle, un voisin ouvrirait sa fenêtre pour récupérer la malheureuse. Qu'est-ce qu'il attendait, cet abruti ? Il n'ouvrait pas, pour empêcher la fille de se réfugier et la forcer à plonger, un de ces pseudo-compagnons assassins, c'était tout.

Blaise Astor gardait le souvenir de cette indignation publique, justifiée à présent par ce document. Il observait Iris Bila en coin, surpris de la voir sans réaction, le regard vague.

Confirmait-elle la présence de cet homme derrière une vitre, un homme connu d'elle ?

Le vide, plus que jamais le vide.

Il était certain que le reflet du jour levant dans la fenêtre du chien-assis prêtait à confusion. Il faudrait comparer avec d'autres séquences, si elles s'attardaient sur les ouvertures du dernier étage. Un témoin a vite fait de se prendre pour un détective, alors qu'il plaque ses délires sur du flou.

Blaise Astor a repris de force son smartphone pour repasser la séquence, figer des plans, encore plus tremblés à l'arrêt. La distance entre Iris sur le rebord du toit et le chien-assis n'était pas mesurable, le passage de l'une à l'autre trop brusque, impossible à décomposer. Cela ne réveillait vraiment rien en elle ?

Iris ne semblait plus s'intéresser aux images. Blaise devinait que trop d'insistance le desservirait. Il est passé à d'autres séquences, filmées par des vidéastes arrivés plus tard sur les lieux, attirés par la présence des secours.

L'issue heureuse était l'occasion de saluer la performance des pompiers, jusqu'à ce que l'incompréhension s'installe.

La personne secourue n'y mettait vraiment pas du sien et se débattait, à n'y rien comprendre.

L'apparition du type avec sa doudoune jaune à la main provoquait l'union sacrée. Le rapprochement des deux était capté de tous les côtés.

Sur une vidéo, ils semblaient se buter l'un dans l'autre. Sur une autre, le commentateur estimait que ces deux-là se retrouvaient et se connaissaient visiblement bien, des complices jouant un jeu trouble. Cet échange était jugé trop intime et malsain.

La femme échappait au pompier. Une déception, la victime donnait l'impression de se laisser envelopper par le premier venu. D'autres vues montraient Blaise Astor passant sa veste matelassée à la victime. L'un décelait un geste tendre, l'autre s'en prenait à ce mec qui, regarde, en profitait pour toucher la fille, non mais regarde, pas clair, le type.

Les conclusions de toutes les vidéos oscillaient entre la satisfaction de ne pas avoir assisté à une catastrophe complète, plus de peur que de mal, tout y passait, et la détestation mêlée à l'endroit des protagonistes, celle qui n'avait aucune reconnaissance pour les secours et celui qui se comportait sans aucune gêne.

Si Blaise et Iris se demandaient pourquoi ils se retrouvaient ensemble pour visionner cette scène fondatrice, l'explication était toute trouvée : le mépris universel les avait rapprochés à la première minute.

Ils paraissaient si sûrs d'eux, tous, pour dénigrer dans une seule phrase Iris et Blaise. Des voyeurs satisfaits, des voyeurs qui n'avaient rien vu.

Au fait, qu'est-ce que Blaise Astor avait vu de mieux qu'eux ? D'elle, tout lui échappait. S'il se croyait au-dessus de la communauté, il faisait erreur. Elle le mettait en garde : elle voyait bien qu'il n'avait qu'une envie, en décortiquant les images, jouer au psy ou au flic, la pousser à avouer un truc, le truc inavouable, qui la dépassait.

Elle jurait qu'elle n'était pas plus avancée que lui. Pas besoin de chercher à tout mettre à plat pour tout écraser, comme les prétentieux de toute la terre.

Elle lui était reconnaissante pour un geste, l'avoir couverte avec sa veste. Ce seul geste. Pas de valeur. Mais pas de prix. Il n'aurait jamais rien à lui offrir de plus, et c'était tant mieux.

S'arrêter là, promis ?

Elle le fixait, sans un battement de paupières, ce regard dense qu'il avait surpris la première fois, dont il avait aimé se sentir traversé. La force extralucide qu'elle y mettait pour le tétaniser. Il a promis.

Maintenant que le smartphone indiquait que la batterie de la voiture était complètement chargée, ils étaient obligés de constater qu'eux étaient totalement vidés. Le défilé frénétique des séquences où ils figuraient, c'était épuisant. Épuisante, la vision de ce corps nu sous tous les angles, sans doute à peine perceptible sur des images nocturnes aussi pauvres. Épuisants, ces déhanchements, cet enlacement final unanimement condamné. Quelque chose de pornographique, là-dedans, non ?

Ils en avaient été les acteurs, avant d'en devenir les spectateurs, usant, usant. Vidés, vidés, ils n'en pouvaient plus.

Ils n'ont pas eu le temps de réfléchir davantage. Une demande de course tombait, c'était si rare, il ne fallait pas la perdre. Et Iris ? Qu'elle reste à sa place. Les clients n'avaient qu'à être tolérants. Dans les circonstances, on n'avait pas d'autre choix.

Le client, c'était un jeune médecin hospitalier, fraîchement nommé à l'hôpital Cochin, faubourg Saint-Jacques. Il avait commandé un VTC, ça tombait bien, il en passait un dans la minute, au pont de Neuilly, à Puteaux.

Une surprise, le chauffeur était accompagné. Pas trop sanitaire comme mesure. Si en plus il faisait deux courses simultanées, ce n'était pas régulier. Dans les circonstances, s'attendre à tout. Chauffeur et cliente ou chauffeur promenant sa copine, ça ne valait pas mieux.

Pour aggraver leur cas, les deux n'avaient pas beaucoup de considération pour le nouveau passager et commentaient son arrivée sous son nez et sur un ton rigolard, en le désignant comme « celui-là ».

Le chauffeur trouvait qu'Iris lui portait chance depuis le matin et lui attirait de bons clients. Le deuxième de la journée, n'exagérons rien.

Elle s'amusait de constater que tout le monde se donnait pour destination un hôpital. Lariboisière,

Cochin, ça en jetait. Un syndrome de l'époque, cette nouvelle obsession du soin et de la contagion. Le monde entier transformé en un gigantesque hôpital. Ils s'amusaient bien.

Le médecin a cru bon de préciser sa fonction. Il n'était pas contagieux, il se contentait d'exercer.

La femme riait bien fort. « Celui-là », il « exerçait »... Comme c'était beau, soigner l'humanité... L'enfermer dans sa maladie le plus longtemps possible, oui.

Plutôt désagréable à entendre, surtout qu'elle ne s'adressait qu'au chauffeur qui ne daignait pas faire un mouvement de visage ou d'épaule en direction du passager à l'arrière, pour désamorcer l'effet désastreux.

Une autre surprise, c'était l'itinéraire. D'habitude, les taxis préféraient le périph sud pour remonter dans le 14e arrondissement.

Ce chauffeur avait choisi de s'enfoncer direct dans l'ouest de Paris. Entendu, ça roulait tout seul. Mais pourquoi laisser Montparnasse sur la droite et prendre la direction de Saint-Germain ?

Si la course de la fille était prioritaire, admettons, mais les voilà qui remontaient vers le Panthéon et faisaient une pause rue Soufflot, sans descendre de voiture. Des commentaires de moins en moins compréhensibles.

Blaise a fait remarquer que l'avant-dernier étage présentait une avancée par rapport au toit. Ce détail ne l'avait pas frappé la première fois. Si Iris avait sauté sans trop d'élan, elle se serait retrouvée sur un balcon, le risque n'était pas si grand.

Le médecin ne voyait pas ce qu'ils voulaient dire. Ils se prenaient pour Roméo et Juliette ? La scène du balcon ?

Ils l'ont regardé d'un air apitoyé : tout de suite le commentaire cliché.

Le médecin notait que leur conversation suggérait une expérience commune et un lien intime, presque un ton de séduction. Sur qui était-il tombé ?

Il était pressé, il allait être en retard à Cochin, si le chauffeur ne redémarrait pas.

Blaise et Iris poursuivaient leur analyse de la façade, sans lui prêter davantage attention.

Quelle fenêtre était la sienne ? Laquelle avait laissé transparaître la silhouette sur la vidéo ? Celle-là ? Elle pointait du doigt à travers le pare-brise.

Ils sont sortis sur le trottoir. Leurs mains balayaient le ciel. L'homme demandait si elle était vraiment sûre d'avoir habité là.

La femme reconnaissait que ce n'était pas un appartement personnel. Elle l'occupait provisoirement, le studio d'une amie, plutôt d'une amie d'amie ou de la connaissance d'une amie, en poste à l'étranger, au Canada ou aux États-Unis, pas plus une sous-location qu'une location. Disons une occupation à titre gracieux, et pas depuis si longtemps.

Blaise a proposé à la femme de monter, si elle n'avait pas oublié le code de la porte. Des affaires à récupérer, ce ne serait pas inutile ?

Non, elle avait habité là, mais ce n'était pas chez elle. Tout ça lui était plus étranger que jamais. Elle ne riait plus.

Le jeune médecin s'en mêlait, vitre baissée, depuis son siège arrière, sa course à finir, des horaires à respecter, des patients à respecter aussi. Ce qu'on lui imposait, c'était une histoire de fous, il n'était pas psychiatre.

Qu'il finisse à pied, Cochin n'était pas à plus d'un quart d'heure du Panthéon.

Le client a abandonné la partie. Ils allaient avoir de ses nouvelles. Un quart d'heure, le temps suffisant, tout en marchant, pour les assassiner sur l'appli. Après les commentaires sur l'aile avant défoncée, ce serait complet. Aucun client n'oserait se présenter, à moins d'être maso jusqu'au sang.

Blaise Astor et Iris Bila ont laissé de côté leur discussion d'un instant. Le nouveau mépris d'un autre les rapprochait. C'était étrange, cet acharnement universel contre eux. Il ne leur venait pas à l'idée qu'ils y mettaient pas mal du leur pour écarter tout le monde de leur chemin.

Ils ont repris leur place dans la voiture, pour aller où maintenant ?

Ils ne voyaient plus comment prendre leurs distances. Chaque fois qu'ils faisaient mine de se séparer, le comportement de l'humanité entière les recollait l'un à l'autre.

Mangeons un morceau à la volée, pour nous occuper le ventre et l'esprit. Ils ont trouvé un restaurant, vente à emporter, c'était tout ce qu'on pouvait espérer. Pas donné, celui-là, si les restos de luxe se mettaient à la vente à emporter... Quand on roulait dans un modèle de voiture électrique qui se voulait prestigieux, tout en étant déglingué, on pouvait s'offrir un plat gastronomique à emporter dans une boîte en carton.

Faux riches, vrais fauchés, on ne savait plus où on en était. Pas mal, les grenadins de veau aux morilles, à mâcher dans la rue, en dénombrant, pour admirer leur finesse, les alvéoles dodues du chapeau, molles, mais pas trop, frétillantes sous les doigts, élastiques sous la dent, mais pas trop.

Ils faisaient durer le plaisir de bouffer ensemble, avant, c'était inévitable, de reprendre chacun sa vie.

Laquelle ? Il en avait une, sûrement, lui, de vie ? Une famille, un toit, si on s'en tenait aux clichés, après celui de Roméo et Juliette, tout à l'heure.

Ne parlons pas de toit, trop glissant.

S'il avait une vie ? Pas tant que ça, soyons honnête.

Et pas de logement non plus : son dernier appartement, dans le 18e arrondissement, depuis qu'il s'était mis à son compte, au pire moment, avec les mensualités de cette Lexus sur le dos, il n'avait plus les moyens de le payer. Son domicile s'était réduit à une carrosserie métallisée, très chic, très moderne, SDF de luxe, le bel avenir.

Iris n'était pas dépaysée avec lui. La position de raté de luxe dans une famille, cela lui parlait. Enfin, Blaise gardait peut-être l'estime de sa famille, lui ?

Il craignait que non. Pour ce qu'il en restait, de sa famille.

Puisque rien ne les retenait, à peine le code de la route, ils pouvaient enfiler les rues les unes après les autres, sans destination fixe, et lâcher ce qui leur passait par la tête.

Si elle tenait à connaître ses liens de famille, elle allait être servie.

Ses parents ? Des malades du sport de haute montagne, randonnée, escalade, ski hors piste. Ils l'avaient traîné toute son enfance et toute son adolescence sur tous les sommets connus. Il les détestait. Un corps sportif de force, il avait haï son beau corps emprunté, au point de le faire fondre, dès qu'il avait réussi à échapper à leur influence.

Cela s'était produit à un moment qu'ils avaient choisi, ou pas choisi, celui de disparaître. Un accident, alors qu'il venait de fêter ses vingt ans, traité de raté par ses parents, parce qu'il ne voulait pas entrer dans leur entreprise ni continuer à les accompagner sur les sommets, mais cherchait à prendre des cours d'art dramatique, à travailler sa voix, plus que ses mollets.

Première fois qu'il ne les accompagnait pas sur les pistes de Davos, une des meilleures stations suisses à leurs yeux. Hors des pistes, des heures durant, à en perdre la raison, et la vie.

Une avalanche, embarqués trois cents mètres plus bas, une coulée de plusieurs mètres d'épaisseur. Retrouvés par des chiens vingt-quatre heures plus tard.

Blaise Astor s'est arrêté là. Encore une fois trop loin, les hauteurs, une chute, une nouvelle histoire qui partait de travers devant Iris. Sa maladresse systématique, il s'en voulait.

Iris ne le prenait pas mal, au contraire. S'il avait voulu rattraper la chute de ses parents, en l'empêchant, elle, de suivre ce chemin, elle ne crachait pas sur son destin.

Il avait cru comprendre que les explications psy la dégoûtaient, elle n'était pas à une contradiction près.

C'était juste, à lui les maladresses systématiques, à elle les contradictions systématiques. Être systématiques, ça leur faisait un nouveau point commun.

Ils en avaient un autre : elle était tout autant que lui tenue pour la dernière des ratés dans sa famille, par ses parents, vivants, mais à peine, et sa sœur aînée, si brillante, Polytechnique et tout.

Blaise aussi avait un frère et une sœur aînés, à cinq mille pieds au-dessus de lui, non seulement des champions sur les pistes et les pics rocheux, mais à la tête de l'entreprise familiale de verre, dans la vallée de la Bresle, à la limite de la Normandie et de la Picardie, récupérée à la mort de leurs parents. Il avait refusé de s'associer avec eux. D'abord, ils ne lui avaient rien proposé, peur de voir la boîte couler, avec un raté pareil. Pour être exact, ils l'avaient écarté d'autorité.

Iris Bila et Blaise Astor se considéraient. Leurs insuffisances notoires, puisqu'elles étaient partagées, les rapprochaient mieux que l'excellence qui les aurait conduits, comme tout le monde, à la rivalité.

Une pause à un feu, pour se remettre de cette découverte. Deux beaux ratés côte à côte, revigorant.

La question de la nuit s'est posée. Blaise n'avait plus d'appartement, Iris ne voulait pas retourner dans celui qui n'était pas le sien, encore moins rentrer chez ses parents, où elle avait été retenue contre son gré, depuis l'histoire de.

Sans logement disponible, restaient les hôtels, en nombre restreint, dans les circonstances, pour les rares clients autorisés à se déplacer. Ils n'en faisaient pas partie : tenus à aucune obligation.

Ils se sont présentés à un accueil à peine illuminé, dans le quartier Saint-Lazare. Là, une gêne. Forcés de se rappeler qu'ils se connaissaient à peine, donc deux chambres. Gaspillage ; donc une chambre. Une chambre, à condition qu'il y ait deux lits, et bien séparés.

À moins de passer sur les conventions. Après tout, Blaise avait déjà eu l'occasion d'observer Iris dans une situation... Il n'était pas obligé d'ajouter une maladresse à ses maladresses...

C'était précisément cette situation antérieure qui était dérangeante. Asymétrique, donc inégale. Cette première vue incontrôlable leur fermait toute perspective intime.

Tombons d'accord sur ce point. Pas ensemble, rien à faire ensemble. Rouler ensemble, parler ensemble, à la limite, parfait. Ne franchissons aucune limite.

Curieux, cette résurgence des barrières morales. S'ils réfléchissaient une minute, ils ne s'en étaient pas beaucoup embarrassés. Avouons qu'il l'avait matée, sur son toit. Et elle, elle ne pouvait pas nier qu'elle s'était précipitée à sa rencontre et à poil, pour recevoir la doudoune jaune.

Des gestes déplacés, d'un côté comme de l'autre, tous les témoins l'avaient pensé. D'abord le scandale et, à présent, le blocage, la morale. Ils ont renoncé à la chambre partagée, pour passer la nuit sur les sièges abaissés de la voiture, avec la veste jaune moutarde en guise de couverture polaire commune.

Côte à côte alors ? Comme dans un lit ? On cherchait la logique.

Un habitacle offert au regard public obligeait à la neutralité. Voisiner sans se mêler, par peur d'être surpris, ce devait être la vraie vie.

Un mauvais sommeil, c'était toujours un sommeil. Ils en sont sortis sans y être entrés.

Quelques clients se sont présentés pour une course les jours suivants, indifférents aux commentaires critiques sur le site de réservation, muets, vite passés, pas assez nombreux pour assurer la rentabilité du VTC, une aumône à dépenser pour se tenir propre et se restaurer.

Ils maintenaient la distance entre eux, sauf en parole. Une tendance à se dire seulement ce qu'il ne faudrait pas. Pas de discrétion pour annoncer qu'ils avaient envie de pisser et vite. Suggérer qu'elle devrait penser à trouver un coin pour se laver sous les bras. Pour la puanteur, il pouvait critiquer, chez lui, ce n'était pas que les bras. Tous les plis de son corps dégorgeaient, elle le sentait bien, dégoûtant.

Leurs envolées infantiles les régalaient, le maximum de grossièretés, alors qu'ils cherchaient tous les moyens d'échapper au regard de l'autre pour accomplir les gestes élémentaires. Ils prétendaient ne pas succomber à la promiscuité inévitable dans un habitacle si réduit. Rien de tactile, contentons-nous de mélanger les horreurs qui nous passent par la tête.

Le contraire des amoureux naissants : ceux-là ont hâte de se toucher et font attention à ne pas froisser l'autre par un mot indélicat. Tant qu'ils ne se connaissent pas trop. Blaise et Iris n'étaient pas là pour être amoureux. Rien ne les obligeait à partager leurs journées.

Iris Bila aurait dû reprendre son poste à l'hôpital Lariboisière. Un message de sa sœur Maria, qui en profitait pour prendre de ses nouvelles, s'assurer qu'elle était toujours vivante et hors de danger. Un bon moyen de la contrôler, ce smartphone qu'elle lui avait acheté, si attentionnée, Maria. Elle voulait la remettre au boulot, oui. Un demi-mensonge pour la rassurer : Iris était précisément dans un VTC. En route pour le standard de Lariboisière ? Dans la direction, oui.

Blaise serait content d'apprendre que M. Bila, son père, avait tenu à lui faire travailler sa voix dans l'espoir de faire d'elle une chanteuse d'opéra, et qu'elle se contentait de la moduler au téléphone pour orienter des paumés dans un hosto et calmer des excités.

Chacun sa descente, encore un point commun. Lui, il avait cru avoir une carrière d'acteur, mais pas de physique, à la rigueur une voix souple. Obligé de se contenter de dépanner dans le doublage, grâce à un copain plus doué et mieux introduit dans le milieu. Et, en ce moment, rien ne se doublait.

Ils ne perdaient pas grand-chose à se taire, chacun dans son activité, pour ne pas parler de métier. Ils ne s'en porteraient pas plus mal. Ils s'étaient bien trouvés, extinction de voix tous les deux.

Son seul avantage sur elle, puisqu'elle n'avait pas eu la chance de perdre ses parents : il finissait de dilapider l'héritage des siens avec cette berline trop chère en leasing.

Prêt à mettre à sa disposition le presque rien qui lui restait, sans rien attendre en retour. Un pas de plus l'un vers l'autre, former une communauté sans obligation, dans le temps suspendu des derniers jours, dont ils n'avaient pas envie de voir la fin.

N'être rien l'un pour l'autre et ne plus se quitter, le seul accord possible. Ils en étaient là.

Comme l'activité de chauffeur de VTC restait poussive et que la réouverture des lieux publics était amorcée, Iris et Blaise se sont laissé tenter, pour se divertir, par le premier monument qui s'est présenté à eux, le long du parcours qu'ils improvisaient chaque jour, dans l'attente d'un client : la Sainte-Chapelle, accolée à la Conciergerie, sur l'île de la Cité, billet combiné, tentant.

Ils se sont mêlés aux premiers visiteurs, amusés de constater qu'ils ne trouvaient rien de mieux à faire, au sortir d'un confinement, que de se précipiter dans les cellules morcelées de la Conciergerie.

L'instinct grégaire jouait à l'approche de la cellule de la reine Marie-Antoinette. L'agglutinement provoquait l'angoisse des visiteurs et des gardiens. L'émotion à la pensée du malheur d'une célébrité était parasitée par les ordres de dispersion réguliers. Iris et Blaise ont préféré se mettre à l'écart, dans une cellule anonyme, la moins spacieuse.

Ça leur est venu tout seul, l'atmosphère, la proximité, la demi-obscurité, ils se sont accrochés l'un à l'autre. Ce qu'ils se refusaient ces derniers jours s'imposait à eux. Iris la première enfouissait ses bras sous la veste de Blaise, voulait l'en débarrasser, vite.

Ce serait mal vu ? Pas grave, ils étaient tout seuls, là, s'aimer dans une vieille prison, c'était excitant. Elle s'est dégagé les seins, ils allaient s'étouffer mutuellement, se frotter frénétiques.

Un visiteur a passé la tête, poussé un cri, reculé, fait une nouvelle apparition, accompagné d'un groupe indigné.

Blaise et Iris ont été pris à partie. Leur ombre amplifiée par un éclairage oblique avait attiré l'attention de quelques-uns : on avait soupçonné une bagarre, à présent on était certain d'être témoin d'une agression sexuelle en public.

Ils se sont défendus, ils consentaient, et avec plaisir. Les spectateurs ne les dérangeaient pas, s'ils gardaient leurs jugements pour eux.

Une femme les a traités d'esprits tordus, si une cellule de criminels les excitait. Un vieux les a accusés d'exhibitionnisme. Des enfants faisaient leur apparition, attirés par le mouvement de la foule. Si les parents ne les tenaient pas éloignés, l'effet serait désastreux.

Un membre du personnel appelé en urgence s'est interposé, a donné l'ordre à Iris et à Blaise de se rhabiller. Ils n'étaient pas encore déshabillés, mais ça en prenait le chemin, si on les laissait faire.

Ils se sont rajustés avec le sourire, multipliant les « Alors quoi ? » méprisants pour l'assemblée qui faisait écran, en attendant l'arrivée de la police déjà appelée.

Blaise Astor et Iris Bila ne comptaient pas se laisser impressionner, ils ont forcé le passage. La violence en plus, ils n'allaient pas s'en sortir comme ça. La police était voisine de la Conciergerie, elle ne pouvait pas tarder, elle était là, les a immobilisés, s'est fait expliquer la situation, l'a qualifiée aussitôt d'outrage public à la pudeur.

Blaise a senti le piège, tenté de minimiser l'affaire. Se défaire de quelques vêtements dans un lieu public, ce n'était contrevenir à aucune règle, embrasser ou caresser quelqu'un non plus. Un poil trop loin, oui, n'en parlons plus.

La tension aurait pu retomber, si un des témoins n'avait signalé que la scène lui en rappelait une autre, apparue ces derniers jours sur les réseaux sociaux.

Il reconnaissait la doudoune jaune, portée ici par l'homme, similaire à celle qui figurait sur des vidéos postées, et endossée par une femme nue alors. Le visage et l'allure de l'individu ne trompaient pas. La femme, c'était moins net, mais guère douteux. Tout prenait sens, un récidiviste ou des récidivistes, des provocateurs déjà interpellés, si on se fiait à la présence des voitures de police sur les images des vidéos. Au mieux, une exhibition artistique, il faudrait s'en expliquer.

Blaise s'en est pris au dénonciateur, il aggravait son cas, il a été ceinturé. Il n'a pas pu empêcher que les téléphones s'allument. On comparait les scènes, on pouvait leur donner un sens nouveau. Des participants vraiment ressemblants, des complices dès l'origine, dirait-on. Les images étaient présentées comme un sauvetage, personne n'y croyait. Des spécialistes de la mise en scène, oui, pour une performance qu'ils voudraient déjantée et inaccessible au grand public.

Dans les deux cas, on assistait à un accolement violent, comme l'a noté l'un des policiers, après avoir demandé la dispersion des curieux. Le déshabillage ou la tentative de déshabillage, autre passerelle. Les réactions hargneuses de l'assistance, chaque fois, montraient qu'on n'était pas dupe. Choquer la foule semblait être l'objectif recherché, et atteint.

Iris Bila a exigé la présence de la policière Jeanne, la seule devant qui elle accepterait de parler. Jeanne la comprendrait, elle. Les témoins voyaient tout de travers. Alors Jeanne, sinon le silence.

Le cas n'était pas ordinaire : n'accepter de parler qu'en présence d'un flic, plutôt que de son avocat, le monde était en plein dérangement.

Il était tout aussi inhabituel de répondre à ce genre de demande. L'officier de police Jeanne, identifiée par les collègues, a néanmoins été dépêchée sur place, selon les termes du procès-verbal, pour apaiser les tensions, privilégier l'assistance plutôt que la répression, invitant Iris Bila à déverser le trop-plein d'émotions, s'il existait.

Se retrouver au centre de deux incidents, à deux doigts du fait divers, en quelques jours, n'était pas banal. Jeanne croyait à la vertu psychologique de la police, la seule dans son service, elle n'était pas déçue avec Iris.

Les confidences coulaient cette fois, pas de trou noir revendiqué. Les collègues y voyaient de nouvelles provocations. Quoi ? Ces deux-là s'avouaient pris d'une pulsion commune, retenue depuis des jours ? Leur première fois, comme ils disaient… C'est ça, on allait les croire… Pour une première fois, on recherchait l'intimité. Ceux-là avaient attendu qu'il y ait du public, un maximum de public… Incohérences, n'entrons pas dans leur jeu.

La fille ajoutait que la peur d'être surpris procurait un supplément d'excitation. Foutage de gueule, selon les collègues, ou perversion pure et simple. Jeanne n'était pas aussi catégorique.

Elle était prête à comprendre, après un épisode d'isolement collectif prolongé, ce besoin d'explosion publique. Un appel au secours, un appel au regard de l'autre. Elle était bien bonne, Jeanne. Elle en avait de bien bonnes.

Elle était hautement considérée par la hiérarchie, laissons-la mener l'affaire à sa manière.

Évidemment, cet épisode faisant écho au précédent la rendait perplexe. Le premier n'avait pas donné lieu à l'ouverture d'une enquête. Aucun acte répréhensible n'avait été constaté. Pas d'indice compromettant dans la pièce si bien rangée de la victime. Des traces de consommation de produits suspects, oui, à peine. L'énigme des fenêtres fermées de l'intérieur, un classique. Et pas si énigmatique, quand les portes étaient ouvertes.

Elle minimisait les événements, les témoins comme les collègues trouvaient qu'elle exagérait. L'outrage aux bonnes mœurs dans la Conciergerie, à la suite d'évolutions suspectes dans une tenue déshabillée sur un toit, elle trouvait que ce n'était rien ?

L'outrage aux mœurs n'était pas complètement caractérisé. Des citoyens vigilants avaient empêché son accomplissement. Ce qui ne se produisait pas ne pouvait pas être condamné.

Jeanne ne tenait pas à enregistrer de plaintes. Elle estimait plus judicieux d'engager, sans obligation de soins, disons de recommander un suivi psychologique, voire psychiatrique d'Iris Bila, et de monsieur aussi, si son état l'exigeait.

Blaise Astor s'y opposait d'avance. Un tel suivi lui avait été imposé après l'avalanche qui avait enseveli ses parents à Davos, rien de plus dévastateur à ses yeux, rien de mieux pour rendre malade un homme sain.

Iris Bila se rangeait à son avis. Jeanne évaluait les risques : ce garçon aurait déjà pris le pouvoir sur Iris Bila ? La femme trouvait ce soupçon risible. Avait-elle une tête à ça ?

Ce n'était pas une question de tête. Enfin, ils mettaient une telle énergie à se défendre, quelque chose dans leur regard ne mentait pas. Jeanne se sentait suffisamment expérimentée pour déceler ce qui se cachait derrière des protestations. Rien d'irrémédiable pour le moment. Les désordres de la situation pouvaient justifier ces dérèglements mineurs.

La policière suggérait que la paire, puisque Blaise et Iris assuraient ne pas former un couple, fasse appel à elle, en toutes circonstances, si l'un ou l'autre ou les deux se sentaient au bord de basculer.

Tout cela n'était pas fort légal, selon un collègue. Ce n'était pas illégal non plus. Il ne fallait pas que cette fameuse paire en profite pour s'autoriser n'importe quoi. On les a conduits au commissariat, pour marquer le coup, et permettre à Iris Bila de régulariser sa situation, un moyen de la tenir, avant de la laisser repartir librement en compagnie de son chauffeur, comme elle avait présenté Blaise.

Ils se sentaient neufs et autres. Entre eux, une intimité indissoluble plus forte que s'ils avaient réussi à aller jusqu'au bout. Au bout de quoi ? De leurs gestes ou de leur intention. Les gestes, on voyait, mais l'intention ?

Pas si claire, en effet. Seule la rupture avec le reste du monde avait un semblant de clarté dans leur esprit. Pour autant, pas d'explication à fournir, ni à Jeanne, ni aux familles, ni l'un à l'autre.

Pour la nouvelle nuit, ils ont préféré renoncer à l'habitacle de la Lexus, trouvé un hôtel pas trop cher, qui venait de rouvrir à Clichy. Une chambre pour deux, cette fois, c'était clair, une seule chambre. La réceptionniste avait du mal à comprendre leur insistance. Une chambre avec un lit double, bien sûr, bien sûr, l'embarras du choix.

Dans l'ascenseur, ils se collaient l'un à l'autre, serrés, serrés, comme dans la cellule de la Conciergerie. Ils imaginaient une caméra de surveillance, pour la sécurité, l'espéraient. Ils allaient leur en mettre plein la vue, se touchaient les parties intimes, regardez.

Là-haut, dans la petite chambre, intimidés, ils ont repris leurs distances, se sont tourné autour. Un lit de 160, disproportionné dans un espace aussi restreint, c'était une invitation trop évidente à suivre le modèle commun.

Commençons par terre, vite. Les pieds d'une table basse leur rentraient dans les côtes et leur coupaient la respiration.

Non, ce qui leur coupait la respiration, c'était l'émotion de s'être trouvés, quand rien ne devait les rapprocher. Si cela aussi c'était se conformer au modèle commun, ils n'y faisaient plus attention.

La moquette grise leur piquait les fesses, le pied du lit leur entamait le dos. Ils roulaient jusqu'au radiateur glacé dont la fonte, sous le choc, résonnait longuement. La seule chaise disponible offrait son velours râpé et son dossier métallique. Ils s'y frottaient.

Iris empêchait Blaise d'entrer en elle, pas prête, jamais prête, peur d'avoir mal à l'intérieur, alors qu'avoir mal à l'extérieur ne lui faisait rien, ou du bien.

Ne convoquons pas le psy de Jeanne au milieu de nos tentatives inabouties. Si cela réveillait des saletés d'une autre nuit, le trou noir sur le toit, Blaise Astor était disposé à se retirer. Il ne cherchait pas d'abus, mais l'agrément.

Qu'est-ce qu'il entendait par là, l'agrément ?

N'expliquons pas trop, l'explication était ce qui nous perdait. Leur première fois, elle se cherchait depuis le début, elle prenait son temps, laissons-la s'épuiser sans l'encadrer.

Ils n'étaient pas complètement déshabillés, le frottement des tissus rougissait la peau, les genoux s'écorchaient. Le sang s'y mettait, ce n'était pas ce qu'on recherchait. La maladresse, ils ne se connaissaient pas assez. Repoussons à une autre fois, si cela faisait du mal.

Allongeons-nous sur ce lit, puisqu'il envahissait l'espace. Un lit de 160, une invitation à la pudeur, chacun de son côté, comme dans la voiture, et roulons.

Ils roulaient l'un sur l'autre, ne se cognaient plus aux meubles, concentrés, des gouttes de mercure en fusion, un échauffement peut-être toxique.

Oublions le malheur, s'il existait.

Retenons nos coups, lâchons-les. Retenons notre respiration, lâchons-la.

Dire que les visiteurs de la Conciergerie les avaient accusés de brutalité et d'exhibitionnisme, et ils finissaient dans le noir et la ouate. La tendresse les surprenait. Ce n'était pas lui qui la pénétrait, c'était elle qui l'enveloppait, pour le retenir au chaud.

L'hôtel plusieurs nuits de suite, ce n'était pas la peine d'y songer. Les rares courses de la journée ne compenseraient pas la dépense.

Faire de la voiture une chambre publique, au stade de frénésie du sexe naissant où ils en étaient, c'était multiplier les risques d'interpellation. Les mauvais coucheurs reprenaient possession de la rue, avec leur passion de filmer, de diffuser du croustillant, d'alerter les autorités au moindre signe suspect d'outrage.

Avec leur passif, l'officier de police prénommé Jeanne ne leur sauverait pas la mise chaque fois. Ils se plaignaient d'être traqués, avouons qu'ils faisaient tout pour les chercher, les traqueurs.

Ils ne pouvaient pas s'empêcher de se toucher, de se serrer, de se tordre à l'arrière, croyant profiter des vitres teintées. Ils allaient dégueulasser la banquette, s'attirer les plus sales appréciations des éventuels clients qui passaient après eux.

Aile avant défoncée, arrière dégoûtant, un vrai bordel, on se croyait tombé dans un traquenard, avec ce duo ambigu du chauffeur et de sa passagère goguenarde. Au bout de la course, on craignait une proposition salace à trois, un viol organisé. Cela n'arrivait jamais, on se demandait comment on y avait échappé.

Sans porter d'accusation directe, on laissait transparaître des allusions ambiguës dans les commentaires. Les derniers clients n'étaient pas les plus reluisants. L'air de pervers attirés par la déglingue. C'étaient eux qu'ils auraient dû dénoncer, eux qui faisaient les propositions malsaines, en se voyant derrière un couple visiblement magnétisé. Ils ont été obligés d'en débarquer un, exhibitionniste pour de vrai.

Si cela se poursuivait, ils n'auraient plus un seul client à charger.

La ville autour d'eux avait retrouvé son animation, son désordre, sa masse ondoyante, cette obsession d'occuper chaque mètre carré.

Iris et Blaise avaient du mal avec les rassemblements qui se multipliaient autour d'eux. Appartenir à la collectivité, le sens de la vie ? Pas pour Blaise, pas pour Iris. Ils ne voulaient voir personne s'immiscer entre eux. L'enfermement imprégnait leur corps, ils s'y raccrochaient, le salut à deux, à l'exclusion de tous les autres, qui ne pensent qu'à abuser de nous en toute occasion.

Tourner dans Paris ne leur disait plus rien, il faudrait sortir du cercle.

Une proposition a émergé un matin dans la voiture mal stationnée à un coin de rue du 17e arrondissement. Elle gênait le passage d'un camion poubelle. Les éboueurs l'ont fait rebondir plusieurs fois sur ses roues arrière pour la déplacer de quelques centimètres.

Le désir de solitude à deux ne trouverait pas sa place ici. Cela a provoqué un flash dans le cerveau de Blaise Astor, transmis sans transition à Iris, si elle était d'accord. Seulement, cette proposition ne dépendait pas d'eux, mais du bon vouloir d'un copain, celui qui lui assurait auparavant l'accès au studio de doublage et un petit revenu, à l'époque où on avait besoin de lui pour dépanner.

Arthur Ligre était alors son meilleur allié, compréhensif et généreux. À leur bonne époque, il lui avait parlé d'une maison de famille pas banale, dont il le ferait profiter, si Blaise en avait envie ou besoin un jour.

Le jour était venu, il était temps de renouer avec Arthur Ligre. Pas si facile, il avait été touché plus sévèrement que les gens de son âge par la maladie, en avait gardé des séquelles, la terreur surtout de retomber malade, privé d'immunité, de tout. Il fuyait le contact humain, plus que Blaise, cela fondait leur amitié, ce n'était pas un paradoxe supplémentaire, une vraie entente contre les sales autres, comme avec Iris.

Son état de santé les avait éloignés, les liens anciens seraient plus forts.

Arthur Ligre se rappelait avoir parlé de sa maison à Blaise, quand il a reçu son appel et après lui avoir longuement décrit ses malaises, ses rechutes, sa fatigue, la disparition de toutes les sensations.

Donc Blaise ne l'appelait pas pour avoir des nouvelles de sa santé, mais pour bénéficier d'un accès à cette propriété ? Il ne lui en voulait pas, tout le monde cherchait à fuir, lui le premier, mais il n'en avait pas les capacités physiques.

Arthur Ligre a repris l'énumération de ses symptômes, pas moyen de le couper, sauf quand il a évoqué les effets bénéfiques de l'air de la campagne et de la mer. La maison en question était bien au bord de la mer ?

Cette maison de famille, c'était plus compliqué qu'il ne l'avait jamais dit. De famille, elle l'était, presque trop. Famille au sens élargi, une catastrophe. Propriété autrefois d'un arrière-grand-père prolifique, dont la descendance s'était multipliée de manière exponentielle. Une quarantaine d'héritiers vivants, on avait arrêté de les compter, cousins et alliés très éloignés, parfois à l'étranger, copropriétaires et incapables de se mettre d'accord sur une évaluation, toujours trop basse, surtout au moment de la division, sur une vente, encore moins sur le montant des travaux indispensables.

Résultat, une maison de famille, oui, mais une ruine de famille. Son seul intérêt : une ruine bien située, isolée, près d'un rivage, face à la Manche. Ne lui attribuons pas trop de clichés empruntés au marché immobilier, vue imprenable, exposition parfaite, battue par les flots, etc. Elle les incarnait tous, mais, pour être honnête, pas confortable, si elle restait habitable.

L'ami doubleur n'y avait pas mis les pieds depuis longtemps, pas meilleur que ses cousins indifférents à ce qui avait de moins en moins de valeur pour eux, mais ce n'était déjà pas glorieux à l'époque et le dernier écho d'une de ses sœurs indiquait une dégradation tranquille du bâti.

Arthur Ligre avait un jeu de clés de la propriété, comme les quarante autres. Il ne garantissait pas leur absence, si une cousine ou un cousin avait eu l'idée de s'y installer pour être loin de la ville, comme tout le monde, sans prendre la peine de prévenir les autres.

Il se demandait d'ailleurs si les clés avaient une utilité. Soit les serrures étaient rouillées, soit les portes étaient défoncées par des visiteurs indélicats peu respectueux du bien d'autrui. Elles n'avaient de sens que comme la marque d'une autorisation d'occuper les lieux accordée par un des propriétaires.

Il ne tenait pas à les passer à Blaise de la main à la main, pour éviter tout risque de contamination. Par la poste ? Blaise n'avait pas d'adresse. Ce détail en passant permettait de mieux comprendre son intérêt pour la maison de famille d'un ami.

Arthur Ligre hésitait, cédait, revenait en arrière, deux jours de négociations pour convenir non d'une rencontre, mais du dépôt du trousseau en terrain neutre, avec la garantie d'une désinfection totale.

Quelqu'un déposerait les clés dans un parking souterrain des Buttes-Chaumont, voisin de l'appartement d'Arthur Ligre. Iris Bila se chargerait de les récupérer, pendant que le chauffeur de VTC l'attendrait à la sortie du parking.

Ce devait être l'effet de sa pratique du doublage. Films policiers, d'action, de gangsters, il avait tout fait, intoxiqué par les clichés du métier. Il les reproduisait sans y penser. Tout cela combiné à ses angoisses sanitaires donnait une tournure joueuse à la situation.

Iris se pénétrait à son tour du rôle, sans y penser davantage, émissaire politique de la Résistance ou complice de criminels choisie pour son allure inoffensive. Quelque chose d'un peu puéril, mais d'excitant.

La descente par l'ascenseur, niveau – 2, les sales lumières, les poteaux tous identiques, le souffle des bouches d'aération, la quête du bon numéro de place, la réverbération sonore des pas, tout y était, de quoi accélérer le pouls à deux doigts de la tachycardie.

Elle est revenue à la voiture en agitant le bras, triomphante, nouvelle vie, sans trop insister sur le symbole trop voyant de la clé.

Il ne restait plus qu'à rejoindre le rivage de la Manche, avec des coordonnées GPS inexistantes. Arthur Ligre était incapable de fournir une adresse exacte, pas un numéro, pas un lieu-dit. La maison de la plage, il suffirait de demander sur place, tout le monde connaissait autrefois.

Pour l'approche, il avait décrit des sorties de ronds-points, un grand arbre solitaire au milieu d'un pré sur une falaise, pour se repérer, s'il n'avait pas été arraché par un coup de vent ou un agriculteur. Sa dernière visite remontait, remontait, il ne retrouvait pas la date.

Le plus important, il ne fallait pas manquer, à partir de la fracture de la falaise, la plongée dans une valleuse, juste après une remontée à la sortie d'un village assez éloigné. Iris et Blaise étaient bien avancés. Une valleuse, drôle de mot.

Ils risquaient de tourner aussi longtemps que dans Paris et de vider la batterie, avant de tomber sur un trou pareil, s'ils essayaient de suivre les indications fournies par Arthur Ligre au téléphone.

Ils ont erré, jusqu'à l'apparition d'un chêne solitaire au milieu d'une prairie qu'ils pensaient avoir longée trois fois, d'autres semblables naturellement. Sur une falaise, facile à dire, tout était falaise, un casse-tête pour s'y retrouver, tantôt un semblant de cultures, tantôt une lande, en pente dans un sens, dans l'autre, la mer devant, la mer dans le dos, le ciel partout.

Une dernière montée, pour aborder une voie descendante qui n'en était pas une bien longtemps. Le goudron luttait avec des bandes terreuses, s'y perdait, dominé par des plaques caillouteuses, bien étroites. Ce qui portait le nom de valleuse ?

La pente s'accentuait, étranglée. La berline était menacée de se faire défoncer un peu plus l'aile droite, si Blaise serrait sur le côté, pour respecter les usages, l'aile gauche, s'il tentait de rétablir la trajectoire.

À l'extrémité, une courbe laissait craindre qu'on n'y incruste les roues avant, sans espoir de s'en extraire. Ça passait. Alors, une béance, le boyau se déversait en beauté, un élargissement de la vue qu'on n'attendait pas, un vaste plan de rochers mouillés à gauche, des galets devant et à droite, jusqu'à la Manche à marée basse.

Et, pas loin du bord, comme posée sur un socle flottant, en surplomb, sur une terrasse en ciment, la maison.

Un mélange de baraque et de manoir, disons une masure de prestige, deux corps de bâtiment excessifs dans un site pareil, perpendiculaires et encastrés l'un dans l'autre, complétés par une avancée arrondie sur la mer, pour se garantir une vue permanente, le tout mélangeant des pierres nues, des briques et des silex. Sur le côté, un espace pour aligner deux ou trois voitures, où Blaise a glissé la berline.

Écrasante, cette construction exagérée, et écrasée sous les falaises, une fantaisie de riche de la Belle Époque, Iris et Blaise n'étaient pas sûrs d'oser quitter le véhicule. Sortir, faire trois pas et lever la tête, c'était constater le désastre. La charpente était à demi dénudée, quelques pans d'ardoises subsistaient, prolongés par des bâches vertes ici, effilochées quand elles n'étaient pas déchiquetées, bleues là, plus fraîches, quoique fripées.

Arthur Ligre avait parlé de vétusté, pas d'une épave. Les écoulements de pluie combinés aux marées et aux coups de vent avaient noyé ce qui restait de meubles et d'équipements dans la plupart des pièces visibles. La mousse faisait office de tapis et de papier peint au premier étage, des joncs mangeaient l'espace disponible, comme une lande intérieure. Des mouvements accompagnaient la fuite probable d'insectes, de rongeurs, peut-être de reptiles, dérangés par une présence humaine inhabituelle.

Les bâtiments contigus avaient une superficie plus grande qu'annoncée par Arthur Ligre. Deux cents ou trois cents mètres carrés à l'abandon, sauf une trentaine de mètres carrés préservés autour de l'entrée, la seule partie encore couverte d'ardoises et d'une bâche récente, plafond auréolé, mais pas trop, plancher stable, une poussière collée pas trop épaisse, un mobilier ancien relativement rangé, modérément déglingué, vaisselle du temps des arrière-grands-parents, dépareillée, les belles pièces sûrement fauchées, draps rêches jaunis, couvertures mangées, le tout vieillot, mais prêt à l'usage.

À croire que quelqu'un occupait les lieux, un des quarante cohéritiers qui n'avait pas jugé utile de prévenir les autres de sa présence, pas plus qu'Arthur Ligre n'avait demandé aux copropriétaires la permission d'installer un ami dans la propriété familiale.

Impossible, ces temps-ci, d'échapper aux conflits. C'était bien la peine de foutre le camp si loin de Paris pour vivre dans la peur.

N'ayons pas peur.

Personne ne se montrait. De la vaisselle pas rangée sur l'évier, mais propre. Des pulls ou des châles posés sur des sièges, pas forcément de la veille. Des matelas nus. La tension pouvait redescendre. Les compteurs d'eau et d'électricité se remettaient en marche à la demande et aux frais d'une communauté inconnue. On n'en demandait pas tant.

Encore une angoisse devant une bonbonne de gaz : si elle n'était pas vide, était-elle correctement branchée ? Les tuyaux de raccordement portaient une date de péremption remontant à une vingtaine d'années. S'ils explosaient avec elle, la maison, ce qu'il en restait, souffrirait à peine. Eux, ce qu'il restait d'eux, n'en souffriraient pas beaucoup, comme ils l'ont pensé à cet instant.

Ils n'y pensaient plus, pris par les nécessités de l'installation. Identifier les fuites majeures, en suivant le circuit des seaux dans plusieurs pièces, des taches au sol, indices de cataractes récentes, réfléchir longuement devant des toilettes entartrées et bouchées.

Une première tâche commune, dans la saleté et dans la joie, ils n'en attendaient pas tant. La satisfaction de remonter à la cause primordiale : un rat crevé, noyé, un ancien membre de la communauté vivante à laquelle on n'échappait pas, obstruait un coude de la tuyauterie.

Le dégager, sans marque de dégoût de l'un ni de l'autre, leur permettait de prendre conscience qu'ils partageaient une solidité terrienne. Rien de chichiteux en eux, c'était bien de le savoir, pour l'avenir, s'ils avaient un avenir.

Après leur installation, la reconnaissance des menus espaces disponibles face à l'immensité inutilisable, ils s'interrogeaient quelquefois, surtout après avoir liquidé une bouteille, sur leur nouvelle place dans la société, dans le monde, n'ayons pas peur des mots ici, dans l'univers. Un presque château était mis à leur disposition... Bon, il se réduisait à la dimension d'un studio, et encore, mais studio en plein air.

S'ils y réfléchissaient une minute, ils se disaient que le sort des châtelains et des rois n'avait pas été si différent du leur. Dans des palais pas chauffés, on les imaginait recroquevillés devant une seule cheminée. Parions que la vie des seigneurs et des princes n'avait pas été moins rétrécie que celle des pouilleux comme eux. Ils se réjouissaient de leur découverte, joie, joie, roi et reine de leur carré minuscule, mais posé sur la mer, comme le parc illimité d'un domaine mis à leur disposition.

Savoir qu'on a grand sous la main, sans éprouver le besoin d'en profiter, le vrai pouvoir, la seule richesse. Ils s'emballaient tous les deux, à la deuxième bouteille. Ils montaient en grade dans la société, au moment où ils s'en excluaient, joie, joie, si ça pouvait durer.

Les tâches dégueulasses les remettaient à leur place, ils n'en faisaient pas une affaire. Le reste du temps était consacré à l'observation des détails environnants, autre vrai bonheur.

Il suffisait d'affiner son regard. Des courants sous-marins se croisaient, provoquaient des bifurcations dans les vaguelettes, changeaient leur coloration. Les flaques laissées par la marée s'amenuisaient par évaporation ou grossissaient sous une averse.

Attirer l'attention de l'autre sur cette infime intimité de l'univers était à leur portée et devenait leur première occupation, après les travaux de remise en état des locaux. Ils éprouvaient le besoin de se savoir reliés à tout instant, s'empêchaient de sombrer dans le sommeil, pour se rassurer aussi.

Un menu éboulement de cailloux, un vol de chauve-souris, le coup de bec d'un goéland argenté sur une des rares vitres intactes les tenaient en éveil. La terreur de la vie pas si sauvage prenait une ampleur qu'ils trouvaient plaisir à monter en épingle pour mieux se serrer, se parler, mettre sur la table de minuscules sensations.

Pousser le délire et s'assurer que l'autre y pénètre bien lui aussi, puéril peut-être ? Va pour la puérilité. Adhérons à chaque vision de l'autre, partageons-la, donnons-lui de l'épaisseur.

C'était comme jouir ensemble en plus des moments de désir. Ceux-là les surprenaient partout, y compris dehors, sur la terrasse brute ou en bas, sur les galets polis, dans l'eau, si la marée montait. Enfin, dehors, c'était partout. Leur dedans était si ouvert qu'il constituait à peine un abri, ou un abri que n'importe quoi pouvait remettre en cause.

Ça n'a pas traîné. Une camionnette de la gendarmerie s'est garée derrière la berline blanche, comme pour bloquer toute tentative de fuite. Deux hommes et une femme se sont présentés, sur leurs gardes, avec une politesse appuyée.

Ils ne passaient pas par hasard, une liste de soupçons en tête, on les sentait venir de loin.

Le premier, fondé sur une pratique signalée par plusieurs témoins… Encore des témoins, on se demandait où ils se cachaient ici… Des nageurs au large, des estivants en paddle, à pied sur les falaises amont et aval… La place ne manquait pas… Les deux avaient été aperçus en plein jour dénudés. Ce n'était pas parce qu'ils étaient gendarmes ni parce que la plage était interdite aux nudistes qu'ils se permettaient d'intervenir. Les témoins allaient plus loin, leur reprochaient des scènes d'accouplement sur les galets et dans l'eau.

Accouplés dans l'eau… Bonne vue, les témoins, équipés de jumelles, une passion des vieux promeneurs sur tous les rivages. Les jeunes avaient une autre passion, celle de zoomer avec leur smartphone, ces sales curieux qui les avaient filmés à Paris, au Panthéon, à la Conciergerie, les vidéastes frénétiques, chasseurs de scandale, nettoyeurs de tout désir, en quête d'outrage aux mœurs.

Leurs ébats avaient dû une nouvelle fois se retrouver postés sur les réseaux, une obsession pour eux qu'ils ne s'expliquaient pas.

Les gendarmes tiquaient : une nouvelle fois… Des habitués de ces pratiques, on dirait, pas clairs, ces gens-là. Les forces de l'ordre n'étaient pas hostiles à l'accouplement, loin de là, mais dans un lieu public ?

Un lieu public, cet endroit, il devait y avoir confusion. Un lieu secret n'échappait pas au risque d'être surveillé comme n'importe quel lieu public, il fallait s'y faire.

Blaise Astor ne semblait pas prendre au sérieux les remarques des gendarmes, échangeait des sourires et des mots complices avec sa compagne, cela devenait irritant, surtout si cela permettait de conclure qu'ils avaient plusieurs fois été accusés d'exhibitionnisme, un casier judiciaire rempli, peut-être.

Une vérification de leur identité s'imposait, pour voir si leur nom n'apparaissait pas dans un quelconque fichier.

Pas encore, cela pourrait venir.

S'il n'y avait que ces apparitions dénudées et les gestes déplacés qui les accompagnaient… Le couple n'était pas le premier à se faire surprendre dans le coin… Plus embêtante était leur installation manifeste dans ce bâtiment privé et insalubre, comme cela était confirmé *de visu*, après les affirmations d'autres témoins invisibles.

Des nudistes s'accouplant à la vue de tous, cela vous classait facilement dans le groupe des squatteurs potentiels, pas dans celui des propriétaires respectables, mais la présence d'une berline d'un certain standing jetait le trouble. Il conviendrait d'en vérifier les papiers, la propriété, l'assurance…

Rien d'illégal ? Pas encore, cela pourrait venir.

Désolé, Iris Bila et Blaise Astor, avec leurs papiers en règle depuis l'histoire de la Conciergerie, n'appartenaient à aucun des deux groupes, ni propriétaires ni squatteurs. Des invités à titre gracieux, c'était joli, non ?

Si les autorités avaient besoin d'être rassurées, qu'elles sachent qu'ils détenaient les clés des bâtiments en toute légalité, confiées par un des quarante propriétaires, qu'ils pouvaient nommer et faire appeler pour confirmation.

Le maire serait heureux de l'apprendre, selon les trois gendarmes. C'était son premier mandat et tous ses courriers aux propriétaires étaient tombés dans le vide. Il se battait pour les mettre en demeure d'entretenir leur bien, tentait des démarches pour récupérer les murs, déclarer la construction en état de péril, éliminer dès que possible ce chancre déposé sur le territoire de sa commune.

Et ces propriétaires, pas moins abominables que des squatteurs, opposaient leur silence, leur absence, leur abstention. Si les nouveaux venus étaient en lien direct avec un des quarante, ce serait une bénédiction. Ils serviraient d'intermédiaires, cela changeait tout. Les accouplements publics représenteraient des incidents négligeables, vite pardonnés. Étaient-ils disponibles pour répondre à l'invitation de M. le maire ?

Pas encore, cela pourrait venir, un jour, selon leur envie.

Peu coopératifs, les deux nudistes, prenons-les autrement. Maternons-les.

C'était un bon point, s'ils avaient les clés et la loi de leur côté. Cela n'évitait pas le danger. La visite des gendarmes, si elle était fondée sur des soupçons, reposait tout autant sur le souci de la prévention.

L'effondrement possible de la charpente sur la tête de deux inconscients était un sujet d'inquiétude, y songeaient-ils ? En cas d'accident, de blessure, s'ils n'étaient plus en état de conduire leur véhicule de luxe, avaient-ils remarqué que la zone était blanche ? Aucun appel téléphonique ne passerait, aucun message. Ils n'espéraient rien de mieux ?

Décidément, des individus dont on ne tirerait rien. Les gendarmes leur rendraient visite de temps à autre, pour s'assurer qu'ils étaient toujours vivants. Le temps qu'ils révisent leur position face à la mairie.

Leur visite n'était pas indispensable, selon Blaise et Iris. Leurs indics sur les falaises et leurs plongeurs au large les tiendraient informés au moins de la fréquence de leurs rapports. Cela les dispenserait d'en faire.

Ils avaient décidé de se moquer de la gendarmerie, elle ne leur en tenait pas rigueur. Pas encore.

Les gendarmes les ont quittés, en prenant soin de mélanger une dernière fois le ton autoritaire et les paroles bienveillantes.

Ils avaient raison sur un point, Blaise Astor et Iris Bila n'avaient pas eu besoin de leur visite pour s'en apercevoir : aucun réseau non seulement sur la plage, mais tout au long de la valleuse. On ne captait des ondes qu'à condition d'avoir rejoint, au bout, la falaise amont ou la falaise aval.

Iris, conquise par la bonté des autorités, a consenti à sortir du périmètre pour exposer la situation à sa sœur, rassurer leur mère, s'inquiéter de l'état de leur père. Pas la peine de lancer à ses trousses, sous prétexte de son silence, des escadrons de gendarmerie, ils étaient déjà sur place. Elle était sous leur protection.

Pour justifier les mauvaises communications, présentes et à venir, elle a situé vaguement l'endroit où elle s'était installée avec Blaise, un grand bungalow, vue sur la mer, séjour paradisiaque.

Blaise ? Blaise Astor, le porteur de la veste jaune, un type avec une grosse bagnole, rassurant, non ?

Ces détails ne rassuraient pas Maria Bila. Elle avait entendu parler d'autres incidents liés à ce garçon à la doudoune jaune par la policière Jeanne, qui avait repris contact avec leur mère. Elle voulait savoir d'où il sortait, sa famille, prête à en retrouver les membres pour aviser avec eux de la conduite à tenir.

Iris se moquait de sa prévenance, digne d'un gendarme, a nommé néanmoins Clément et Astrid Astor, le frère et la sœur de Blaise, qu'il ne tenait pas à tenir au courant de sa nouvelle existence, qu'ils assimileraient forcément à un nouveau désastre.

Maria Bila a trouvé le moyen de joindre les Astor, pas enthousiastes, c'était indiscutable, à l'évocation de leur petit frère, pas insensibles pourtant à son évolution inquiétante.

Des fois que ça leur retomberait dessus ou nuirait à leur affaire, cette verrerie familiale dont ils avaient seuls la charge. Ils étaient habitués à la déconfiture financière de Blaise. Si elle s'accentuait, ils étaient prêts à s'associer à Maria Bila pour empêcher tout débordement.

Ils ont laissé des messages sans fin sur le répondeur de leur frère, Maria Bila sur celui de sa sœur. Toutes les raisons de s'inquiéter, mais ils préféraient laisser courir, tant que la déroute en cours ne les affectait pas directement.

Les deux familles se sont promis d'échanger, en cas de besoin. C'était déjà pas mal.

Avec l'été, il arrivait que des touristes poussent, par accident, jusqu'à cette enclave en bord de mer. Ils se transformaient vite en amateurs d'urbex, tard le soir, surtout.

Si Blaise et Iris s'étaient déplacés avec leur voiture, comme cela leur arrivait souvent, le lieu semblait abandonné, des visiteurs tentaient de forcer l'ouverture, à défaut en trouvaient facilement une en escaladant n'importe quel mur.

La présence de la voiture n'en arrêtait pas quelques-uns, convaincus d'avoir affaire à des voyageurs ou des campeurs comme eux, plus fortunés peut-être, partageant une curiosité pour les lieux désolés. On pourrait s'entendre, puisque c'était un jeu.

Ça partait vite de travers.

Blaise Astor, s'il repérait des curieux occupés à prendre des photos de la maison, sortait pour leur réclamer avec insistance l'effacement des images ou des vidéos. Devant leur refus, le ton montait, smartphones arrachés des mains, menaces, hurlements.

D'autres, de passage, en profitaient pour filmer les coups de force, les documenter et témoigner devant la justice, si ça tournait mal, ou diffuser les images sur les réseaux.

Iris Bila s'en mêlait, sa haine des vidéastes, elle les surprenait par-derrière, coups de latte sur les bras, bousculades. Les trouillards filaient, les plus pacifiques cherchaient un terrain d'entente.

La plupart acceptaient d'effacer leurs prises, demandaient ensuite l'autorisation de faire des plans pas compromettants, sous le contrôle des occupants, pour marquer le coup, garder le souvenir d'un danger écarté grâce à leur talent diplomatique.

Il arrivait qu'une amitié éphémère naisse alors. Des restes partagés, une bouteille à finir. Personne n'irait se plaindre pour le moment, cela se passait entre illégaux. Certains pensaient l'avoir échappé belle en remontant la valleuse, s'en ouvraient à ceux d'en haut, s'ils les croisaient dans leur fuite.

La réputation du couple d'en bas faisait le tour des hameaux et des villages. Des teigneux, des incontrôlables, mais avec une grosse bagnole, pas mal défoncée, oui, pas plus qu'eux, ne vivant de rien, allumés. C'était ce qui ressortait, des allumés, l'esprit pas toujours bien clair.

Quelques intrus avaient réussi à échapper à la vigilance de Blaise Astor, ou l'avaient trompée, en conservant des images qu'ils juraient avoir effacées. Certaines se sont retrouvées sur les réseaux sociaux, comme pittoresques ou gaguesques. Regardez ces illuminés, des sauvages, un isolat préservé de la civilisation à deux pas de chez vous.

Maria Bila semblait n'avoir rien d'autre à faire, en télétravail, que de traquer les vidéos postées. Elle a de nouveau reconnu sa sœur aux prises avec des individus qu'elle identifiait comme d'autres marginaux, des violents. L'homme brutal, chaque fois, devait être ce Blaise Astor, sans sa veste moutarde, identifiable cependant, et présenté comme le chef de tribu de service, une sorte de gourou dépenaillé et agressif.

Elle a vu sa sœur en danger, surtout après avoir déposé une dizaine de messages restés sans réponse. Elle a estimé que le temps était venu d'intervenir. Elle a identifié les lieux à partir des coordonnées des vidéos, fait des recoupements, trouvé des plans qui collaient avec les reliefs balayés par des vidéastes adeptes du travelling à 360°.

De Manou à ce trou, le trajet n'était pas si long, deux petites heures. Maria a pris le risque de se présenter au fond de la valleuse, prévenu le frère et la sœur Astor de sa démarche, au cas où ils auraient voulu se joindre à elle. C'était beaucoup leur demander. Ils la soutenaient, ils s'associeraient à elle plus tard, si cela devenait nécessaire.

Qu'elle obtienne le rapatriement de sa sœur, c'était l'objectif prioritaire, ils se chargeraient de celui de leur frère, c'est-à-dire qu'ils éviteraient d'avoir à s'en charger. Une fois abandonné, Blaise les appellerait à l'aide, c'était tout ce dont il était capable.

Maria Bila a erré longtemps, appelé une dernière fois dans le vide, avant de se laisser glisser au pas dans une valleuse conforme à ce qu'elle avait entrevu. Elle s'est fait surprendre par le dernier virage, a manqué d'emboutir l'arrière de la Lexus.

Les intrus se présentaient rarement en voiture, plutôt des randonneurs. Blaise a soupçonné une visite officielle, le maire ou un membre du conseil municipal, si ce n'était pas la voiture des gendarmes. Jamais reçu autant de visites, aussi inopportunes les unes que les autres, que depuis qu'ils s'étaient retirés dans leur solitude à deux.

Il s'apprêtait à jouer la brute chatouilleuse, son rôle obligatoire, s'il voulait avoir un semblant de paix.

Maria a eu du mal à se présenter, à sa descente de voiture, muette un long moment, en découvrant ces charpentes à nu, ces murs fendus, plus dégradés que sur toutes les images aperçues ici ou là.

Elle n'a échappé aux questions désobligeantes de Blaise que grâce à l'apparition d'Iris derrière lui. Passé la surprise, l'accueil n'a pas été si mauvais.

Ils prenaient sa visite pour une marque d'affection, n'imaginaient pas qu'elle ait d'autre intention que de se rendre compte des conditions dans lesquelles vivait sa sœur. Ils n'avaient pas l'air d'interpréter correctement sa tête ahurie, la croyaient décontenancée parce que fascinée.

C'est du moins ce qu'ils ont cherché à lui faire croire, en lui proposant de faire un tour des lieux comme s'il s'était agi d'un site archéologique prestigieux.

Ils l'écrasaient de paroles, leur palace, leur salle de bains océanique, une grosse maison classe. Des décombres peut-être, mais des décombres cossus. La voix de l'un s'enroulait dans la voix de l'autre, prolongeait le début de la phrase, se suspendait pour reprendre, compléter, sans laisser un blanc.

Se mettre à l'écart, le plus haut bonheur de leur vie, ils n'en sortiraient pas. Ils s'enfermaient dans une prison ? Et alors ? Ils avaient trouvé une belle prison : une prison ouverte. Inconfortable ? On n'attendait pas le confort d'une prison, le principal était de s'y mouvoir à volonté. Elle était illimitée, ils avaient le pouvoir, d'un seul coup d'œil, d'en repousser les murs à l'infini, des murs fragiles, oui, instables, mais une prison grande comme le monde.

Ils en avaient plein la bouche de leur prison-liberté. Ils en avaient à dire, à deux.

Maria Bila tentait de se faire entendre, pas son habitude, dans les rencontres d'équipe, de se laisser clouer le bec, glissait des objections, pas moyen de les développer. Le duo ne laissait aucune ouverture, donnait l'impression de se battre pour la convaincre, mais de quoi ?

Elle a réussi à les freiner un instant : non, elle ne leur demandait aucune justification de leurs choix. S'ils s'acharnaient à les expliquer, c'était bien qu'ils en doutaient. Elle ne voulait pas insister, s'ils lui permettaient une autre phrase ?

Pas encore, ils ne justifiaient rien, ils montraient la vie telle qu'elle devait être. Ils se relançaient. Maria Bila a reculé de quelques pas pour les voir et les entendre de plus loin. Ce retrait n'affectait pas leur flux de paroles.

Elle se disait qu'ils n'étaient pas en état de prendre un tiers en considération. Un effet de leur isolement amplifié par le lieu. Ils ne sortaient plus de leur boucle, ça faisait peur.

Elle a pris l'initiative d'entrer sans invitation dans l'arrondi qui servait d'habitation. S'ils s'en offusquaient, elle leur balancerait qu'ils réagissaient comme un vieux couple de propriétaires.

Elle en a fait le tour, s'est exclamée devant le style des meubles, la vue imprenable. Des gens normaux auraient repéré aux premiers mots qu'elle en rajoutait pour se foutre d'eux. Ils ne devaient pas l'écouter, ils ont tout bien pris.

Des conversations parallèles ne pouvaient pas se poursuivre à l'infini. Assis face à face, pas moyen d'échapper au dialogue.

Blaise et Iris montraient de la fatigue, guère habitués à parler autant et si longtemps, le souffle à reprendre. Maria Bila s'est introduite dans l'interstice, en parlant bas, pour les obliger à la suivre.

Elle ne venait pas à leur rencontre pour leur donner des leçons. Elle approuvait leur retrait. Elle avait fait un choix identique avec sa famille en se retirant dans le Perche, pas si loin d'ici, pour mieux travailler à distance, dans un cadre rural, mais bien équipé. La vraie vie, elle aussi.

Mais eux, sur leur plage de galets, dans leur manoir impossible à occuper, ils avaient beau dire, beau faire, ils n'empêcheraient pas l'arrivée de l'hiver, les tempêtes, les grosses marées. La prison illimitée aurait vite fait de se rétrécir.

Ils ont concédé qu'ils n'auraient pas les moyens de se maintenir sur place sur une longue durée.

Cela faisait plaisir de les retrouver raisonnables. Maria Bila n'avait jamais douté de sa sœur. Elle parlait trop vite.

Les voix tressées d'Iris et de Blaise reprenaient le dessus. Le temps n'était pas venu de tout lâcher, ils tiendraient tant qu'ils endureraient le climat. Subir la force des éléments était plus à leur portée que de subir la faiblesse des humains, la mesquinerie des humains, complétait Iris, la fausse humanité des humains, ajoutait Blaise.

Maria n'en pouvait plus de les entendre de nouveau s'exciter en circuit fermé, elle a demandé à se dégourdir les jambes et à jeter un œil aux étages.

Le bon calcul pour bloquer le délire des deux autres, un calcul involontaire : elle a tenté l'escalier en bois à la rampe vacillante. Pas besoin de la toucher, un courant d'air suffisait pour assurer son mouvement pendulaire sans fin.

À la dernière marche, qu'elle aurait dû enjamber, si elle avait observé les taches brunâtres et moussues, le pied droit de Maria Bila s'est enfoncé, cheville coincée dans l'encoche créée.

Elle appelait sa sœur au secours, des cris d'enfant, la peur d'une entorse, d'une fracture.

On pouvait s'appuyer sur l'humanité des humains, bien joué. Les deux se sont précipités dans les marches pour l'extraire, la jambe pendante, de la cavité. De la délicatesse surtout, n'aggravons pas la blessure, si elle existait.

Leurs gesticulations sur les dernières marches ont failli leur être fatales à tous les trois. Trop d'humidité accumulée sous un toit peu étanche, l'escalier approfondissait ses fentes, les craquements annonçaient un effondrement imminent, et il fallait descendre la blessée sans plonger avec elle.

Blaise Astor a étendu Maria Bila sur un des matelas disponibles au rez-de-chaussée, lui a massé la cheville. L'entente venait avec l'attention portée à l'articulation, et le silence.

L'escalier ballait sous le vent au-dessus de leur tête, ils n'y prêtaient pas attention. Gestes de douceur, il était temps de se regarder autrement. Ça allait mieux ? Essayons.

Maria n'a pas pu retenir un haut-le-cœur de douleur en prenant appui sur son pied pour se relever. La souffrance n'était pas feinte, peut-être un peu exagérée. La victime reprenait vite ses esprits et exploitait visiblement son entorse apparente pour amadouer les deux autres, demander une dernière manipulation tactile. Cela désenflait, ils voyaient bien que ça désenflait ? À moins que cela n'ait jamais enflé ?

Ne cherchons pas trop loin. Le principal était qu'ils se soient montrés compatissants pour elle. Ils n'étaient pas sortis de l'humanité commune, comme Maria l'avait craint en les retrouvant.

Elle n'a pas pu s'empêcher de réalimenter la machine, en faisant appel à leur sens retrouvé de la communauté : elle a signalé au passage l'aggravation de l'état de santé de leur père mélomane à qui la voix d'Iris manquait.

C'en était étonnant, d'ailleurs, cette préférence pour la fille la moins, enfin, la plus… Si la préférée ne faisait pas un effort pour soulager le plus atteint de la famille, c'était à désespérer.

Elle leur proposait un accord, rendu possible par leur attitude : non pas quitter leur refuge, mais accepter une simple visite de courtoisie, rien qu'un jour, une demi-journée, auprès de leur père allongé depuis quelques jours dans son lit médicalisé.

Elle n'exagérait pas encore ? Oui, non, enfin, il peinait, entre son lit et son fauteuil roulant, pour écouter sa chaîne ou installer sa tablette.

Il n'était donc pas mourant ?

Ce n'était pas la fin du monde, mais il s'en rapprochait. Il passait à la suite les airs de soprano les plus désespérés du répertoire, c'était un signe.

Qu'Iris fasse un effort, Maria la conduirait à Neauphle-le-Château, la ramènerait le soir, promis, pas une nouvelle séquestration en perspective. Son nouveau chéri, dans sa valleuse paradisiaque éboulée, s'en remettrait.

Tacticienne, la polytechnicienne, ses talents étaient connus, mais grossière. Elle croyait les séparer sans les séparer. Du chantage, oui, du chantage aux sentiments, Maria Bila se démasquait. C'était ça, la mesquinerie des humains. Si le féminin de maître chanteur n'existait pas, on venait de l'inventer.

Quittons-nous là.

Maria Bila n'était pas venue avec de grandes prétentions ; elle n'avait pas mesuré jusqu'où sa petite sœur était prête à s'abaisser.

Elle a regagné sa voiture. Iris a fait remarquer à haute voix qu'elle ne boitait plus du tout.

Maria a baissé sa vitre avant d'engager la marche arrière. Cacher sa douleur avait sa noblesse. Il fallait quelquefois s'asseoir sur ce qui nous dérangeait le plus. Iris gagnerait à y penser rapidement, pour le bien de tous. Si des regrets se mettaient à bouger, tout au fond d'elle, il n'y aurait pas de honte à s'extraire de ce trou pour capter le réseau, en haut de la falaise, et appeler qui que ce soit au secours, d'abord sa sœur, aucune honte, et exprimer de vrais sentiments.

Ils s'étaient donné le mot, tous, pour les harceler au bout de leur valleuse, ce n'était pas possible autrement.

Maria Bila avait dû indiquer le chemin au frère et à la sœur de Blaise, les convaincre d'en remettre une couche, avec d'autres méthodes plus efficaces que les siennes, s'ils en trouvaient.

Elle leur avait parlé de sa tentative, suivie de son échec. Ils restaient en retrait, jusqu'ici, mais l'annonce d'un échec changeait la donne. L'échec d'une autre, c'était l'idéal, la seule bonne raison d'intervenir.

Le frère de Clément et d'Astrid Astor avait besoin d'être remis à sa place. Ils le pensaient depuis des années. L'occasion se présentait. En s'y mettant à deux, on se partagerait les rôles, tout se débloquerait facilement, leur habitude, leur expertise, pas d'histoire.

Ils avaient pris soin de ne se présenter qu'après avoir dûment annoncé leur arrivée. Ne pas les prendre en traître, eux, de la clarté avant tout.

Pour être encore plus clair, commençons en force. La seule idée de Clément Astor, l'aîné de la fratrie, le chef de la famille depuis que les parents avaient dévalé leur pente, le chef de l'entreprise, l'homme direct, c'était de décrocher ces deux berniques de leur rocher.

Une entrée en matière brutale, cela déstabilisait. Les deux seraient contents d'entendre aussitôt après la version modérée d'Astrid Astor, dans le rôle de la diplomate. Pas d'exigence radicale, le temps qu'il faudrait. Qu'ils se rassurent, Blaise connaissait Clément, elle était là pour arrondir les galets.

Rions. Elle avait toujours été convaincue d'avoir plus d'humour que ses frères. Ça aidait à faire passer les saloperies.

Clément Astor rejouait la brute, il ne faudrait pas traîner trop longtemps dans un endroit pareil, insalubre, à moins d'y faire des travaux. Connaissant son frère, il était tranquille, pas de restauration en perspective.

Astrid Astor rappelait les efforts qu'elle avait fournis pour empêcher Blaise de dilapider sa part d'héritage. Ses velléités artistiques, elle les avait encouragées un temps, bien qu'ils fassent partie d'une famille foncièrement anti-artistique. Comme sa carrière se présentait mal, elle l'avait mis en garde. Qui avait eu raison ?

Depuis peu, il s'était lancé dans le transport, plus conforme à l'esprit d'entreprise de la maison Astor. Très bien, mais qui lui avait suggéré d'attendre un changement de conjoncture, parce qu'il se lançait au pire moment ? C'était tout lui, mais les bons conseils, c'était tout elle. Il ne pouvait pas nier que son intérêt était de les suivre.

Il niait ?

L'aberration de son dernier choix professionnel était criante : conserver son VTC dans un endroit inaccessible aux divers réseaux de communication et éloigné de la clientèle potentielle, fallait y penser.

Il y avait pensé ?

Encore plus grave qu'on ne l'avait imaginé. Astrid et Clément Astor lui répéteraient les règles économiques de base le temps qu'il faudrait. Pas d'autre enjeu, quelles que soient les circonstances. Blaise ne pourrait pas leur reprocher de jouer avec les sentiments familiaux. Ils avaient entendu parler par Mme Bila d'une accusation de chantage sentimental, avec eux, on était tranquille. À prendre ou à laisser.

Rétablir l'équilibre financier, pas d'autre rêve à avoir, ils en savaient quelque chose. Le verre, en ce moment, était menacé. La production reprenait à peine, les aides en cours étaient bienvenues.

Ce qui se passait dans la vie économique n'était pas différent de ce qui touchait à la vie personnelle. Au moment où les aides se généralisaient, lui, Blaise Astor, n'avait pas le droit de refuser la leur.

La question était : que voulait Blaise ? Il avait passé son temps, ajoutait Clément Astor, à ne pas vouloir grand-chose, on voyait le résultat. Première initiative à prendre, sortir de cette zone blanche pour retrouver sa place dans le monde de la communication. Ensuite, se débarrasser de ce véhicule hors de prix et hors d'usage, donc sans valeur, à perte, si c'était nécessaire. La perte, dans son cas, serait un gain colossal. Il ne comprenait pas ce genre d'argument ? Que comprenait-il alors ?

Astrid Astor a repris la main. Le moment était venu d'accepter ce qu'il avait refusé depuis la mort de leurs parents : s'engager résolument dans l'entreprise familiale. Ils étaient disposés à lui faire une place auprès d'eux. Pas comme dirigeant, bien entendu, le pauvre, mais à un poste, comment dire, modeste, mais sûr.

Ils s'engageaient, dès que les conditions seraient réunies, à l'embaucher, pour un petit SMIC. À le réembaucher, pour être exact. Ils n'oubliaient pas une première expérience, juste après le décès des parents, une catastrophe, absentéisme, négligences, mauvais esprit qui déteignait sur ses jeunes collègues.

Son état moral de l'époque expliquait ses manquements. Mais le temps avait passé, il avait dû se calmer, surtout dans les circonstances, c'était obligé, ils avaient confiance. Astrid avait confiance.

Clément, lui, ne croyait que ce qu'il voyait. Et qu'est-ce qu'il voyait ? Pas beaucoup de changements dans l'esprit. Surtout, il la voyait, elle. Elle ? Iris Bila, la deuxième bernique collée sur les carreaux cassés de la cuisine.

Ils avaient l'air de découvrir son existence, au bout d'une heure. La première fois qu'ils s'adressaient à elle. C'était donc elle qui avait conduit leur frère jusqu'ici ? Ils étaient prêts à lui offrir un emploi, dès que la situation le permettrait. Pas tout de suite, évidemment, deux emplois d'un coup, en ce moment.

Astrid Astor tenait à se montrer compréhensive. Elle s'était entretenue à plusieurs reprises au téléphone avec la famille de cette personne. Des gens très bien, eux aussi. Gênés comme les Astor par l'évolution d'Iris, son affaiblissement. Enfin, ils ne pouvaient pas se charger de tous les désastres de l'époque.

Si Blaise Astor remontait la pente, grâce à eux, Iris Bila bénéficierait des retombées, si elle s'accrochait à lui. À condition de faire un petit effort de son côté.

Iris et Blaise laissaient les deux Astor se répandre, sans leur répondre, à une ou deux ponctuations près.

Clément et Astrid Astor avaient retenu de leur échange téléphonique avec Maria Bila qu'ils étaient intarissables. Avec eux, des muets. Ou ils avaient déjà gagné et emporté leur conviction ou cette réserve inattendue devait être mise sur la faiblesse croissante des deux partenaires.

Leur fragilité, la rudesse de leur nouveau mode de vie, un environnement d'allure menaçante sous ses apparences balnéaires, tout cela commençait probablement à leur peser. Des propositions venues de l'extérieur les soulageraient. Les aînés avaient envie de prendre cette absence de réaction pour un acquiescement. À force, elle les angoissait.

De cerveaux embrumés par l'isolement, on pouvait tout craindre. Ces cadavres de bouteilles, ces restes de tabac ou d'une autre herbe sur la table n'auguraient rien de bon pour une discussion raisonnable en passe de s'embourber. Ils prenaient acte des bonnes dispositions des familles, au moins ? Un mot, rien qu'un mot ?

La voix d'Iris a commencé à se glisser dans les silences ménagés par le frère et la sœur qui ne savaient plus par quel bout les prendre. Elle n'entrait pas pour autant dans le dialogue, non, elle commentait à voix haute, à la troisième personne, sans s'adresser à eux, comme s'ils étaient déjà partis.

Et pour qui ils se prenaient, ces donneurs de leçons ? Ils croyaient qu'il suffisait de jouer à la dame de Pôle emploi pour qu'on se mette à genoux devant eux ? Des coincés pareils, et ils étaient de la famille de Blaise ? Elle n'y croyait pas. Elle aurait bien voulu voir comment ils les traitaient, leurs employés. Un air de l'autre siècle, ça puait à plein nez.

Et ça se voyait trop bien qu'ils étaient prêts à embarquer Blaise, avec sa voiture surtout, et à la débarquer, elle. Ils n'imaginaient pas de liens particuliers entre deux êtres, des liens plus forts que les leurs. Ça non, sauf s'ils considéraient que des liens financiers étaient plus importants que les autres.

La voix d'Iris grimpait à des altitudes inhabituelles, avant de fondre sur les Astor, comme pour les écraser. Sans les regarder, elle les avait rayés.

C'était la crise, ils gardaient des fonds en réserve, non ? Les prêts de l'État, ils en profitaient bien. S'ils voulaient faire quelque chose d'utile, puisqu'on ne pouvait parler que d'argent avec eux, qu'ils investissent sur eux, Iris et Blaise. Qu'ils allongent le fric et la réputation familiale serait sauvée, ils n'entendraient plus parler du mauvais frère ni de la malade qui se montrait à poil sur tous les toits.

Le ton montait encore, si c'était possible, elle était capable de les terroriser. Clément et Astrid Astor la voyaient à la manœuvre, se disaient qu'elle avait pris l'ascendant sur leur frère. Leur mission nouvelle serait de l'arracher à cette mauvaise influence si spectaculaire. Il fallait créer une brèche entre eux, pour lui redonner son indépendance. Qu'est-ce qu'il en pensait, lui ?

Blaise a enchaîné, sur un ton pas moins hostile. Vraiment soumis à cette fille, ils n'en doutaient pas.

La question de l'argent réveillait des souvenirs. Iris voyait juste sans connaître tout le passé de la famille. Blaise était certain que son frère et sa sœur, à la tête de l'entreprise héritée de leurs parents, poursuivaient les méthodes archaïques de gestion. Ils revendiquaient perpétuellement leur fidélité à cet héritage, c'était bien pour ça que la boîte coulait doucement.

En attendant, comme Iris le devinait, ils devaient mettre le maximum de côté. Une manie de leur père, avoir une grosse somme de liquide sur lui et dans le coffre de l'usine, pour parer au plus pressé, comme il disait toujours. Ringard, quand le fric, comme le reste, était dématérialisé.

Il était sûr que Clément et Astrid restaient englués dans le vieux monde. Combien dans le coffre ? Surtout, combien sur eux, là, tout de suite, qu'ils pourraient sortir pour arroser qui ils voudraient. Arroser leur frère, qu'est-ce qu'ils attendaient ? Une petite avance, à rembourser plus tard, ils n'étaient venus pour rien d'autre, il n'en doutait pas une seconde, les connaissant… Si attentionnés, si généreux… Ils repartiraient d'ici légers, l'esprit tranquille.

C'était bien ce qu'ils souhaitaient ? Tranquilles, repartir ?

Les Astor se braquaient. Ils n'avaient pas l'habitude de se faire dominer. Ils repoussaient les accusations de gestion archaïque de leur frère, le plus grave à leurs yeux. Non, ils n'en étaient pas restés aux méthodes anciennes, personne ne pouvait se le permettre aujourd'hui.

Bon, garder des sommes dans un coffre, ils ne pouvaient pas s'en empêcher, la seule pratique paternelle qu'ils aient conservée. Mais non, si c'était ce qui faisait rêver Blaise et Iris, ils n'avaient rien sur eux, pas aujourd'hui.

Alors pourquoi être passés les voir ? Uniquement pour vérifier si c'était bien vrai ce qu'on racontait, entendait, ici, là, sur les réseaux sociaux, dans la bouche de la famille Bila ? Parce qu'il s'en disait chez les parents, la sœur, pas la peine de se faire des illusions.

Tous contre eux, ils le cherchaient bien. Il était clair que les circonstances les avaient transformés, pas à leur avantage.

Ils avaient fait des propositions pour les sortir du gouffre où ils les voyaient prêts à plonger, un gouffre financier surtout, ils ne feraient jamais un pas de plus. Il valait mieux ne pas s'attarder.

La voix d'Iris déraillait de nouveau dans l'aigu, debout, dehors, menaçant de s'en prendre à la voiture de Clément Astor, un beau modèle aussi, encore plus beau que la Lexus. Garée juste derrière le VTC, au bout de la terrasse cimentée. Une poussée à deux, avec les bras de Blaise, la bagnole se retrouverait vite fait sur les galets, de vrais roulements à billes, et en pente. Gros pourcentage, la pente, jusqu'à la Manche. Ça devrait leur plaire, un gros pourcentage. En avant, la bagnole. À la flotte, la caisse.

Elle la secouait fort, appelait Blaise à lui donner un coup de main. Les Astor se sont dépêchés de monter à bord, ont froissé leur aile gauche en s'engageant trop vite dans le virage de la valleuse.

La fuite des Astor, après celle de Maria Bila, faisait du bien à l'amour-propre. Ce petit bonheur passé, il fallait reconnaître que les prévisions financières de Clément et d'Astrid ne manquaient pas de pertinence.

Il ne suffisait pas de dire qu'on n'avait pas besoin de trouver des fonds, qu'il n'était pas obligatoire de rembourser ses mensualités trop élevées pour la voiture, que ce n'était pas absurde de conserver un VTC dans un endroit pareil.

Cela revenait les travailler. Surtout ne pas en parler. Eux qui se vantaient de ne s'interdire aucun sujet. Ils ont tenu un moment. Un bout de phrase a filtré. Elle ? Lui ? On ne savait jamais. L'évidence s'imposait. On manquait vraiment de tout, là, non ?

Reprenons-nous. Continuons à les défier, tous.

Une maison a beau avoir un caractère d'exception, elle rend ses occupants casaniers. Les ruminations du moment étaient ravageuses. Ils en arrivaient à regretter leurs premiers jours d'errance dans Paris vide. Aérons-nous la cervelle.

Ils se sont lancés sur les routes des alentours, batterie chargée, sous prétexte de répondre à d'éventuelles demandes de prise en charge, qui ne tombaient jamais. Dans un coin aussi reculé, tout le monde était obligé d'avoir son véhicule.

Ils allaient de village en village, s'étonnaient de les voir vides, aussi vides que leur propre plage que tous les autres traitaient comme un trou de bout du monde. La faim les prenait, les commerces étaient rares, presque toujours désertés.

Ils y ont laissé leurs dernières pièces, n'osant pas sortir une carte bancaire. Pas sûrs que le paiement d'une bouteille ou d'une boîte de coquillettes ne soit pas rejeté.

Une fois, ils se sont trouvés dans une boulangerie, au bord d'une route traversant un bourg résumé à sa ligne droite. Iris, sans savoir pourquoi, a retenu la porte qui n'avait déclenché aucune sonnerie.

Les minutes passaient, le fournil était inoccupé, pas de bruit non plus dans l'arrière-boutique. S'il existait une boulangère, elle était montée à l'étage, pour s'occuper de ses petites affaires, sans craindre l'afflux de clients en plein après-midi. Un appel d'un habitué, elle s'empresserait de descendre.

Le tiroir-caisse datait, Iris Bila a tendu la main, ouverture facile, le petit choc en arrivant au bout attirerait l'attention, vite se saisir des quelques billets disponibles, négliger les pièces qui tinteraient trop fort, attraper au passage deux chaussons aux pommes, ça ferait soupçonner des gamins, courir jusqu'à la voiture en attente, la démarrer dans le silence de son moteur électrique, la bénédiction des voleurs.

Blaise Astor, au moment d'amorcer la première courbe à la sortie du village, a eu le temps de voir s'agiter une femme devant la boulangerie et de la plaindre, parce qu'elle regardait du mauvais côté.

Ils ont fait les comptes, soixante-quinze euros, le petit commerce ne rapportait pas gros, le dépouiller, ce n'était pas être trop malhonnête.

Ils se sont regardés, parlé enfin.

Iris avait pris une initiative, Blaise la suivait-elle ? Il la suivait, une idée voisine lui avait traversé l'esprit quand elle avait esquissé son geste, c'en était miraculeux.

Pour la question de la malhonnêteté, ils tombaient d'accord aussi pour se dire que, foncièrement, ils étaient honnêtes. Ils ne reniaient pas leur éducation, ni leur famille, pour soixante-quinze euros.

Les familles, c'était l'honnêteté incarnée. On les avait vus à l'œuvre, les honnêtes de la famille Astor en particulier. On leur faisait honneur : ce goût archaïque pour l'argent liquide, hérité de leurs parents, il y revenait. Soixante-quinze euros, honneur au père disparu. Félicitons-nous.

Ce serait dur de faire avaler ce genre de méthode d'enrichissement aux autres membres de la fratrie ?

Ils n'auraient qu'à se forcer. Il n'y avait pas que l'honnêteté dans la vie. Le besoin aussi. Les autres leur avaient refusé une modeste avance. En dernière analyse, l'importance excessive accordée à l'argent par les Astor et leur refus d'en donner avaient constitué une incitation au vol. Ils n'y auraient jamais pensé sans eux. Les vrais coupables, Clément et Astrid Astor.

Abusif ? À peine.

La plus sûre alliée était la victime. Généreuse, la victime, symbole de la solidarité villageoise si réputée. Partageuse, ça se sentait, ouverte aux autres et aux voleurs dans le besoin.

Tordu, le raisonnement ? À peine. Et puis, ce serait la seule fois, promis.

Le produit du vol, respectueux de sa source, puisque prélevé dans un petit commerce et réinvesti aussitôt dans d'autres petits commerces des alentours, s'intégrant à un cercle vertueux, a été vite mangé.

La bouteille de gaz rouillée s'est épuisée, devait être renouvelée, si on voulait manger chaud, indispensable à la santé et à l'art culinaire qu'il fallait respecter. Il était hors de prix de s'en procurer une neuve. Les fournisseurs exigeaient un paiement anticipé, entreposaient leurs bonbonnes enchaînées comme des esclaves sur les parkings de grandes surfaces. Il restait à les libérer.

Ils avaient surpris en passant la conversation d'une vendeuse désabusée avec des clients. Elle regrettait que, malgré les précautions, le gaz s'évapore régulièrement. « Ils » ne reculaient devant rien, les pillards de circonstance. Les temps étaient durs, elle était prête à le reconnaître, mais ils étaient nuisibles à « nous tous », ces « ils ».

Faire partie de ces « ils » plutôt que de « nous tous » paraissait de plus en plus admissible à Iris Bila et à Blaise Astor.

La charge d'agir revenait cette fois, tacitement, à Blaise. Chacun son tour de prendre le risque principal, si l'autre restait posté à proximité pour assurer la fuite de l'exécutant.

La vendeuse n'avait pas tort. Les cadenas des chaînes n'ont pas résisté à la pince qu'il avait fallu payer la veille, nourrissant au passage le cycle bénéfique de la consommation, à condition d'atteindre un bénéfice net, sans trop de dégâts, y compris pour le fournisseur.

Une seule bonbonne de treize kilos, le trou était modeste, d'autant plus que les voleurs d'occasion s'honoraient d'un geste classe : ils avaient déposé à la place l'ancienne bonbonne vide, consignée, nettoyée de leurs empreintes, sans signe distinctif, vieille probablement de plusieurs décennies. Aucun voleur authentique ne serait allé jusque-là. Cela les rachetait à leurs yeux. Il ne fallait pas dire que c'était le signe d'une mauvaise conscience.

Ils avaient procédé à un simple échange, pas de quoi s'alarmer. Le seul échange de ce style avant longtemps, promis.

D'autres besoins élémentaires à satisfaire les ont obligés à délester un bar-tabac de la recette de la journée, à une vingtaine de kilomètres à l'est.

Ils se félicitaient de ne pas avoir suivi le conseil des Astor : se défaire d'un VTC sans usage approprié. Leur Lexus suffisamment puissante leur permettrait de rallier rapidement et silencieusement leur ruine de plage, après avoir fait le plein de monnaie ici ou là.

Leur plus beau coup, pour le moment, après deux jours de repérages. L'heure de la fermeture n'était pas éloignée, un dernier traînard agaçait le patron. Encore un village-rue, au moment où la lumière baissait, temps couvert, clientèle casanière, patron pas trop jeune ni balèze.

Iris le dominait d'une demi-tête, le visage et les cheveux dissimulés, masque, foulard, une arme fictive ou seulement contondante, une présence et un geste déterminés, renforcés par l'expérience vite acquise.

Être là, dans sa posture, était suffisamment clair. La vivacité des signes remplaçait la parole. Trois petits coups rapides sur la caisse, n'importe qui aurait compris. Le petit homme a pourtant mis du temps, répétant une seule phrase. Qu'est-ce qu'on voulait, qu'est-ce qu'on voulait ?... Les imbéciles ne facilitaient jamais le travail des gens sérieux et incitaient à la violence non désirée.

Il fallait le brusquer, une poussée rapide. Il ne résistait pas plus qu'il ne comprenait la situation. Il a fini par entrouvrir la caisse, jouant peut-être au plus malin, ce qui ne lui allait pas.

Iris a écarté le vieux et enfourné les quelques billets et pièces disponibles, abandonnant celles qui lui échappaient, comme un pourboire octroyé à celui qui ne défendait pas son bien. Encourageons les bonnes volontés.

La Lexus attendait à la sortie du bourg, Blaise Astor l'avait abritée sous une rangée de platanes, dans l'amorce d'une courbe. Iris se plaignait d'avoir eu à courir trop longtemps pour la rejoindre.

Il était possible que la victime se soit dépêchée de sortir sur le pas de sa porte, ait tenté une poursuite, à tout le moins une reconnaissance, pour permettre l'identification de la voleuse ; ennuyeux.

La presse locale du lendemain évoquait un vol mené par une femme et signalait le passage concomitant d'un véhicule blanc non identifié.

Premier faux pas, Blaise Astor devrait penser à se planquer davantage la prochaine fois. Prochaine fois ? Pour des gens qui se promettaient de ne pas recommencer ? Sincères, après chaque opération, mais le manque revenait si vite.

Leur stratégie d'amateurs avait ses limites. À force de voler modeste, pour se donner l'illusion de voler honnête, le besoin se faisait sentir plus souvent, obligeait à multiplier les risques de se faire prendre, et pour pas grand-chose.

Se faire prendre à moindres frais, reconnaissons que c'était avantageux, la peine serait légère, sauf si les vols cumulés étaient identifiés comme des récidives.

L'alternative serait de tenter un gros coup qui les mettrait à l'abri pour une durée plus importante. Une banque, par exemple ? Pour le moment, cela leur paraissait au-dessus de leurs forces. Et les banques disparaissaient du paysage rural. Les dernières annonçaient qu'elles n'abritaient aucun dépôt de liquidités.

Vrai ou faux, ils arrivaient à la conclusion qu'il était plus commode, si illégitime que cela paraisse, de déposséder ses égaux, donc les humbles, que de s'en prendre à plus riche que soi, donc plus inquiet de ses biens et plus âpre à les défendre.

Ils poursuivaient, en attendant mieux, leur quête des petits commerces villageois, ceux qui subsistaient comme ils pouvaient, tenus par des solitaires, de préférence à la sortie des bourgs ou des petites villes, boulangeries-pâtisseries, marchands de journaux, les dernières merceries, boutiques suffisamment éloignées les unes des autres, en Normandie, sur la côte, puis à l'intérieur des terres, jusqu'en Picardie, pour éviter de faire naître le soupçon d'une série locale.

Il a pourtant fini par émerger, ce soupçon, d'abord dans les journaux régionaux. De menus faits divers, oui, des sommes sans importance, des manières d'opérer simples et rapides, sans violence excessive, rien pour exciter la curiosité, des actions qui s'apparentaient davantage à des incivilités qu'à de véritables hold-up, mais avec une fréquence qui commençait à alarmer les commerçants et la gendarmerie.

Les habitants étaient invités à la vigilance, les commerces incités à s'équiper de caméras de surveillance, s'ils en avaient les moyens (ils ne les avaient pas). On insistait sur la mobilité des suspects, probablement plusieurs équipes distinctes, peut-être coordonnées. On notait la présence, pas toujours avérée, d'un véhicule blanc (ou gris ou beige), à proximité des lieux visités. Certains témoignages relevaient la présence, considérée comme inhabituelle ou anormale, d'une femme qui se donnait des allures d'homme, parfois brutale, ou, si on n'opposait pas de résistance, d'une douceur inattendue.

Il était possible que les notules de la presse, relayées par les sites d'information et les réseaux sociaux, créent une émulation dans certaines catégories de la population.

Iris Bila s'était mise à consulter, en roulant sur les routes, à la recherche de nouvelles proies, tous les sites et les réseaux disponibles. Quelques larcins signalés ne leur étaient pas imputables, tout en croisant leurs itinéraires, touchant des commerces de nature équivalente.

Elle restait persuadée d'avoir lancé le mouvement, s'en flattait. Des rivaux inspirés, ici ou là, peut-être d'autres femmes encouragées par le modèle d'Iris.

Ce mimétisme, s'il existait, révélait surtout une situation dégradée dans certaines parties du territoire, selon des commentateurs qui analysaient un phénomène en expansion.

Ces analyses avaient quelque chose de décevant. Elles les assimilaient à un groupe caractérisé sociologiquement, quand leur seule ambition avait été de s'extraire de la masse. Quand on voulait être soi, on ressemblait à tout le monde ? Il fallait s'y résigner, ou redevenir honnête, ou faire pire.

Ils ne savaient pas à combien de vols réussis ils en étaient. Ce qui les retenait de s'arrêter, c'était la facilité d'exécution, une sorte de griserie à l'instant décisif, et l'impunité offerte. Dans des boutiques vides, les risques étaient réduits. Comme on ne réclamait pas trop, on repartait avec des miettes, sans dégâts, toutes les parties étaient soulagées et personne ne réclamait justice au-delà du raisonnable.

Les victimes ne souffraient pas autant qu'elles l'auraient craint, les voleurs ne s'enrichissaient pas autant qu'ils auraient dû. Une sorte d'équilibre était trouvé, il suffisait de poursuivre ce qu'ils appelaient des prélèvements automatiques, donc indolores, pour le maintenir.

Pas bien responsable tout ça. Aucun des deux ne revendiquait d'avoir l'initiative d'une action plutôt que de l'autre. Ils parcouraient les petites routes, laissaient faire le hasard. La combinaison des circonstances se mettait en place toute seule.

Il leur suffisait d'être ensemble, ça crépitait tout de suite, un geste, un mot. Idéal, ce bled, ce virage bien placé, la possibilité d'un démarrage. La bonne ou la mauvaise tête du commerçant, à l'intuition, mais une intuition commune. Jamais un désaccord. C'était limpide et rapide, passons à l'action.

Ils tiraient de cette efficacité commune un supplément d'excitation qui culminait après l'extraction de quelques billets.

Collés l'un à l'autre, sur les petites routes du retour, ils s'exaltaient de leur nouvelle réussite. Une série pareille, la première fois de leur vie qu'ils surmontaient l'échec, c'en était presque inquiétant.

C'était trop violent, obligés de s'arrêter, après la montée d'adrénaline, en s'engageant dans une allée forestière, sous prétexte de perdre d'éventuels poursuivants, comme dans les films doublés par Blaise, pour baiser dans la mousse, tellement l'intensité de l'action et son succès les avaient secoués. Pas d'autre moyen de revenir au calme.

Ils s'agrippaient l'un à l'autre en surveillant les alentours, comme si les poursuivants imaginaires pouvaient surgir à tout moment. L'envie en était augmentée d'autant. C'était puéril, ils en étaient conscients, mais c'était plus fort comme ça.

Ils se coinçaient les jambes dans les vêtements baissés, jamais enlevés, au cas où il aurait fallu les remonter pour se sauver, s'écorchaient les genoux sur les branchettes, se râpaient les bras, ressortaient de là en sang, des égratignures et des balafres dans tous les sens. Leurs souffles hachés leur revenaient amplifiés par l’écho des bois, comme si une foule jouissait avec eux.

Ils s’attendaient, en se relevant, à se voir entourés d’une bande de voyeurs occupés à les filmer ; presque déçus de ne jamais en découvrir aucun.

Les méfaits commis par d'autres et rapportés dans les journaux contribuaient à leur propre émulation. La prochaine fois, ils seraient les meilleurs, pour ne pas se fondre dans la masse des malfrats minables.

Les meilleurs ? N'exagérons rien. Ils allaient tenter une grosse agglomération. Pour brouiller les pistes, éloignons-nous de notre base. Une matière toute neuve, excitante pour cette raison, moins familière, dangereuse, ces terres ondulées et venteuses, peuplées d'éoliennes, à cheval sur la Normandie et la Picardie.

Un plaisir de se faufiler entre elles, quand elles tournaient à plein régime, pour, au terme de leur petite affaire, échapper à ces poursuivants éventuels qui ne se présentaient jamais. Un bon moment de la vie alors, ce sentiment de faire corps contre tous.

Ils n'auraient pas su dire lequel des deux avait proposé de prendre de tels risques, c'était comme ça, une envie partagée. Ils ont étudié plus longtemps que d'habitude les différents paramètres.

Des passants assez nombreux, l'astuce serait de choisir un temps mort. Un commerce inhabituel pour eux, un pressing de quartier, avec deux employées. Méfiance, deux collègues côte à côte, l'une se prend toujours pour la protectrice de l'autre ou se vante d'être vindicative.

Celle du fond montrait ses bras nus et bleutés de tatouages, ce qui ne prouvait rien. La deuxième, au premier plan, menue, d'âge mûr, affichait un sourire d'accueil perpétuel, ce qui ne prouvait rien non plus.

Normalement, c'était au tour de Blaise de mener l'action, pendant qu'Iris, bien qu'elle n'ait pas de permis de conduire, se planquerait à distance, au volant de la Lexus, à l'abri sous un auvent désaffecté.

Au dernier moment, Iris Bila a estimé qu'il fallait rompre cette routine égalitaire et idiote de l'alternance, ou alors Blaise Astor ne le sentait pas, cette fois, enfin, ils ne se sont rien dit. C'était dans les yeux, l'échange intense qui n'appartenait qu'à eux, ces regards incrustés l'un dans l'autre, sans mouvements de paupières, surtout pas de battements de cils, qu'ils répugnaient à relâcher.

Iris a cédé la première, l'appel de l'action, à elle de s'équiper, tout était dit.

Elle s'est présentée avec son masque bleu remonté à la limite des yeux, les cheveux serrés, un gros cutter caché dans la paume, sous un jean roulé, comme un vêtement à déposer au pressing, calme à l'approche.

Brusque dans la place, la lame du cutter sortie comme une langue, avec le craquement caractéristique de cet instrument, un hurlement instantané, limité au mot « Caisse, caisse, caisse ! ».

L'employée postée à l'accueil n'avait pas l'air de comprendre, une inertie nonchalante, ce sourire ineffaçable. Soit c'était une manifestation inhabituelle de la terreur, soit un pur signe d'insuffisance, soit rien, dans ce quartier, ne pouvait l'impressionner.

Elle s'est écartée de la caisse, avec un geste résigné de la main, comme un « Servez-vous », mais pas loin d'être goguenard.

Iris a été traversée de pensées contradictoires qui l'ont décontenancée. Ou cette femme avait subi plusieurs agressions et se disait que celle-là allait passer comme les autres, ou elle signifiait à la voleuse potentielle que les transactions, dans un pressing, ne se faisaient guère en liquide. Si peu à prendre, ça ne ferait de mal à personne, temps perdu.

Iris en lisait trop dans ce regard fatigué et indifférent, il était indispensable de se reprendre et d'accélérer le mouvement. Elle a rapproché son cutter du visage de la première employée et fait un signe à la seconde, la jeune, avec ses bras couverts de tatouages, serpent, fleur, chat. Ce n'était pas le moment de se perdre dans les détails. Se concentrer pour bousculer l'apathie pesante des deux victimes.

Qu'elle vienne vider la caisse, elle, si elle ne voulait pas que sa collègue soit défigurée ou égorgée.

Le mot « égorgée » a eu du mal à passer. C'était sûr, Iris Bila ne se voyait pas dans le rôle de l'égorgeuse. Si c'était trop évident, les deux femmes ne la prendraient pas au sérieux.

Elles ne la prenaient pas au sérieux. Ce demiricanement qu'elles échangeaient, pas possible, elle n'avait pas le choix, en passer au moins une au cutter, jusqu'au sang.

La jeune restait le bras suspendu avec son fer dans la main droite, lui imprimant un léger balancement, comme si elle ne savait pas où le poser pour ne pas brûler la chemise bleu ciel qu'elle lissait quelques secondes plus tôt.

Elle l'a lancé de toutes ses forces en direction d'Iris Bila, avec un jet de vapeur. Il n'a pas atteint son but, retenu par son ressort de compression, menaçant de revenir à l'envoyeuse et de la fracasser ou de la brûler.

Il pendait, se balançait, crachait sa vapeur, ne menaçait plus personne, avait suspendu la scène.

Les trois femmes se guettaient, cherchaient une issue, le silence entre elles. C'était si vain.

Iris Bila, la première étonnée de sa réaction, en est arrivée à s'excuser, avant de se jeter dehors et de se trouver bête à courir un cutter à la main. Encore plus stupide, elle a cherché à rentrer la lame et s'est fait une coupure avant de rejoindre la voiture en attente.

Derrière elle, les deux femmes se libéraient, agitées sur le pas de la porte, l'explosion, les insultes contre la badass, la pouffiasse, la connasse, la salope, la putasse, un mélange de haine et de joie de la victoire. Elles l'avaient bien eue, la trouillarde, la minable. Elles traversaient la rue, mobilisaient le quartier, tous aux fenêtres, les passants à la rescousse pour entamer l'esquisse d'une poursuite. Personne ne les accompagnait, elles étaient hors de danger, continuaient à hurler dans leur téléphone pour lancer la police sur les traces d'une nase, d'une ordure.

Iris Bila avait évité de justesse un camion de livraison, arrivant en sens inverse, à l'angle de la rue. Blaise Astor était sorti au pas de sous l'auvent, l'a accompagnée quelques mètres en lui tenant la portière ouverte. Elle s'est jetée sur son siège, le pouce sanglant, mortifiée.

Leur premier échec, des employées apparemment ramollies, plus combatives à la fin que tous les autres réunis. Leur première dispute aussi. Tout avait été de travers, et à cause de qui ?

Pour une fois, chacun attribuait la responsabilité à l'autre. Le programme changé *in extremis*, le refus de Blaise de s'y coller ? Il n'avait rien refusé, c'était elle qui s'était imposée. Elle ne s'était pas imposée, il l'avait implorée. D'où sortait-elle qu'il l'avait implorée ? Il était formel : c'était venu d'elle, son envie de se mettre en avant n'avait jamais été aussi spectaculaire.

Revenons à la raison, partageons l'erreur et analysons-la posément. L'erreur ? S'en prendre à un commerce dont l'activité reposait sur des instruments, ici une batterie de fers à repasser brûlants. Tout instrument était destiné à devenir une arme par destination, ils n'y avaient pas pensé, ils en avaient fait les frais.

Il était permis de s'étonner qu'il n'y ait pas davantage de meurtres dans les pressings. Écraser au fer la tête de ses collègues, comme ça devait être tentant. Iris et Blaise se sont réconciliés sur cette image de repasseuses qui s'entre-tueraient.

Après réflexion, il était préférable de privilégier les secteurs qui ne faisaient appel à aucun outil. Dans leur activité, on risquerait moins sa peau.

Ils se sentaient secoués. Renouer avec l'échec, après une série sans fausse note, c'était plus déplaisant que de manquer d'argent.

La fraîcheur de la saison revenait, ils ont éprouvé le besoin d'enfiler leurs pulls à rayures bleues pour ranimer leur identité commune, se redire que rien ne les différenciait, homogènes en tout, jusqu'au bout, vérifier leur accord dans la perspective de concevoir un autre projet qui conforterait leur harmonie.

Définissons un secteur pacifique, financièrement consistant, parce que les mensualités impayées et les besoins s'accumulaient. Ensuite, mettons toutes les chances de notre côté, pour laver notre honneur.

Elle sortait d'où, une expression pareille, « laver son honneur » ? Dans leur situation, elle paraissait déplacée. Laver son honneur, cela n'aurait pas dû leur ressembler, mais si, les mots étaient sortis de leur bouche presque simultanément.

Laver, laver, ils se sentaient sales, depuis leur retour dans leur baraque pas propre.

Laver leurs draps souillés depuis trop longtemps, leurs pulls portés des semaines entières. Le pressing ne leur avait pas porté chance. Cette crasse accumulée leur explosait à la figure depuis leur ratage. L'envie de tout briquer, pour se défouler.

Et l'honneur, l'honneur, Iris avait prononcé le mot, l'honneur, à moins que ce ne soit Blaise, l'honneur. Est-ce qu'ils avaient jamais su ce que c'était, l'honneur, est-ce qu'ils y avaient eu droit une seule fois, dans toute leur vie, à l'honneur ?

Ils étaient perdus dans tout ça, mais ils s'obstinaient, oui, laver leur honneur.

Les familles Astor et Bila, tout en continuant à échanger, peinaient à s'accorder sur une attitude commune.

Maria Bila formulait à chaque appel le souhait de se présenter une seconde fois, en compagnie de Clément et d'Astrid, au seuil de la ruine, pour avoir davantage de poids à trois et tenter de convaincre sa sœur et leur frère de se laisser extraire de cette prison ouverte.

Cela n'avait que trop duré. Les messages restés sans réponse inquiétaient. La seule fois où elle était tombée directement sur sa sœur, elle avait été expédiée en deux minutes, sur un ton désagréable. Les propos manquaient de cohérence. Et Blaise ?

Les Astor ne faisaient pas beaucoup d'efforts, ne tenaient pas à s'abaisser à une nouvelle visite, au risque d'un échec inévitable, de réclamations financières sans fin.

Maria insistait, se disait sensible à la fragilité psychologique de ce qu'elle avait du mal à nommer un couple. Les autres ne sortaient pas de leur obsession, le fric que leur frère cherchait depuis toujours à leur soustraire sans lever le petit doigt. Sur ce sujet, s'ils osaient le dire sans vexer Maria Bila, sa sœur n'était pas en reste. Un froid au téléphone, passons, pour ne pas anéantir l'intérêt supérieur des… de… Aucun nom à mettre sur eux, pour éviter tout parti pris. L'intérêt supérieur.

Si on voulait préserver cet intérêt et vérifier qu'on avait un objectif minimal commun, celui de soulager deux personnes au fond de leur trou, une rencontre préparatoire s'imposait. Cela suggérait des relations et des méthodes plus professionnelles qu'intimes, mais on ne savait pas comment s'y prendre autrement.

Travaillons à rapprocher des visions peu compatibles. Rien de mieux, dans les circonstances, à défaut d'une vraie rencontre humaine, que de multiplier les visioconférences, entre experts.

Maria Bila menait le dialogue, conformément à ses habitudes. Elle tenait, en premier lieu, à faire mesurer aux Astor la gravité de la situation, qui semblait leur échapper.

Sans être allés aussi loin qu'elle à l'intérieur de l'édifice branlant où elle avait trouvé le moyen de se démolir une cheville, ils avaient au moins parcouru cette terrasse en ciment sinistre face à la mer, avaient été reçus dans la première pièce, avaient entamé un dialogue, écouté le duo ?

Parfait. Avaient-ils été frappés comme elle, alors, par la confusion mentale conjointe ?

Une confusion mentale conjointe, les Astor essayaient de décrypter l'expression. Si elle permettait d'éviter de parler de ces deux-là comme d'un couple, elle leur allait, oui, mais qu'est-ce qu'elle voulait dire ?

C'était simple, ils avaient dû remarquer, aussi bien qu'elle, qu'Iris Bila et Blaise Astor prenaient plaisir à emmêler leurs phrases, comme pour perdre leurs interlocuteurs, intriquant des propos désinvoltes, inconscients, déjà incohérents, délirants, oui, délirants, osons le mot.

Intriqués, les propos, ils ne voyaient pas trop, délirants, si on voulait, et encore. Leurs discours leur semblaient très cohérents au contraire et maîtrisés. Paroles de stratèges obsédés par la richesse d'autrui, l'esprit parfaitement structuré pour tenter de les dépouiller, eux, les Astor. Ils auraient préféré les voir confus, mentalement ou pas, conjointement ou non.

Ils manquaient de sensibilité, ces Astor, c'était criant. Pour la finesse, on repasserait. Soyons concrets avec eux.

Un détail parlant, la voix, les voix d'Iris et de Blaise. Ils n'avaient pas été sensibles à une particularité de leurs voix ? L'altération de leurs voix, c'était grave, non ? Celle d'Iris, surtout, que Maria connaissait mieux, elle en avait perçu les modifications, y compris au téléphone, la seule fois où.

Elle était sûre que les Astor en avaient eu une perception voisine. Oui ?

Pas tant que ça, la voix de leur frère, parlons-en, une voix aussi instable que lui, malléable, bonne pour les doublages de dessins animés débiles, sa spécialité. Alors, qu'il s'amuse à imiter une voix de fille, ça ne les surprenait pas, seulement ils n'y avaient pas fait attention.

Il ne s'agissait pas d'imitation. Quelque chose de plus profond. La tonalité, le timbre, elle ne savait pas comment dire. Ils ne voulaient pas faire un effort pour l'aider à préciser sa pensée ? S'impliquer davantage ?

Ils voulaient bien montrer leur bonne volonté. La tessiture, peut-être ? Les accents ?

Oui, tout ça à la fois, ils tombaient d'accord pour une fois. Les deux voix se ressemblaient par certains aspects, se confondaient, osons le mot.

Elle y tenait : vraiment troublant, un homme, une femme, le grave devenu plus aigu, l'aigu plus grave, les deux voix rauques aussi, comme muées, remuées, un mimétisme dans les deux sens, cela prenait du sens pour eux, ou pas ?

Maria Bila était contente de les forcer à rapprocher leur point de vue du sien.

Poussons plus loin l'avantage : il était donc devenu évident pour tous que Blaise et Iris, enfermés dans leur bulle au point d'adopter un nouveau phrasé, de développer une pensée commune, n'écoutaient personne.

Elle ne savait pas si c'était une stratégie vraiment consciente, mais, consciemment ou non, ils avaient mis au point une sorte de monologue à deux totalement étanche, si Astrid et Clément voyaient ce qu'elle voulait dire.

Un monologue à deux, ils ne voyaient pas trop, non, mais l'étanchéité leur parlait davantage. Il était clair que les deux autres n'avaient réagi à aucune de leurs remarques, accepté aucun de leurs arguments, insensibles au doute, Iris Bila surtout, qui ne s'adressait jamais à eux en face pour leur sortir les pires insanités. Pour être étanche, elle était étanche, la petite sœur. Ils ne tenaient pas à défendre leur frère. Les deux autres faisaient bloc, avec le recul, ce n'était pas douteux, voix rauque ou pas, aiguë ou pas.

La conclusion à en tirer était simple. À supposer qu'ils aient joué de leur voix, qu'ils l'aient calquée l'un sur l'autre, c'est tout bêtement qu'ils n'avaient pas d'autre idée que de se foutre de tout le monde, de Maria Bila la première, qui prenait leur attitude au sérieux, d'eux tout autant, les Astor, à qui on ne la faisait pas, mais à qui ce petit jeu suffisait pour y voir clair.

Ils commençaient à fatiguer Maria. Ce n'était pas trop transparent en visio, les gestes sous contrôle, les mimiques en arrière-plan et réduites, elle n'en pouvait plus d'essayer de leur faire saisir que cette histoire de voix, pour elle, n'était pas qu'une histoire de voix ou de cartoons ridicules, mais quelque chose de plus sérieux.

La paire formée par Iris et Blaise, elle ne savait pas s'ils s'en rendaient compte à cet instant, relevait pour elle de la psychiatrie.

Les Astor ne voulaient pas entendre un mot pareil, pas dans leur famille.

Maria Bila sentait que c'était le moment de prendre un ascendant définitif. Elle irait plus loin, elle soupçonnait un cas de folie à deux.

Deux êtres raccrochés l'un à l'autre, éloignés de toute relation humaine extérieure, mélangeant leurs influences au point de devenir l'autre, de ne penser ni parler qu'à travers lui, elle trouvait que c'était un portrait fidèle.

Folie à deux, Astrid Astor avait du mal à avaler des mots pareils. De la psychologie dépassée, comme l'hystérie, des expressions datées. Elle n'avait pas envie d'entendre parler de la psychiatrie d'aujourd'hui, alors celle du XIXe siècle, vieilles blagues.

Si Maria Bila s'obstinait à parler de folie, Astrid était prête à faire un pas vers elle, à la seule condition qu'on ne parle que de la folie d'Iris Bila.

Se retrouver à poil sur un toit en zinc, en pleine nuit fraîche, si on n'y était pas forcé, cela pouvait constituer un symptôme convaincant. Maria Bila parlait probablement de sa sœur en connaissance de cause, avait consulté des spécialistes. Très bien. Ce n'était pas une raison pour mêler leur frère Blaise à une histoire de maladie mentale.

Des défauts, il en avait aussi, pas assez les pieds sur terre, pas le goût du travail, mais pas au point de perdre la tête. Partisan du moindre effort, le seul dans la famille, mais calculateur comme tous les autres, quand il s'était agi de régler leur héritage. Pas de délire possible chez lui, alors folie à deux, non, aucun sens.

Maria sentait bien qu'ils ne feraient aucun effort pour s'associer à elle et secourir les deux ensemble. Sauf si la situation rejaillissait un jour sur eux ?

Elle rejaillissait.

L'appel est venu des Astor, à peine croyable, ils réclamaient une visio de toute urgence. Ils étaient plus émotifs que Maria ne l'avait supposé, plus attentifs à leur frère qu'ils ne l'avouaient.

Ils étaient tombés sur un entrefilet dans un journal régional. *Le Courrier picard* mentionnait une tentative de braquage dans un pressing près d'Eu. Les victimes étaient saluées pour leur courage. Deux employées avaient tenu tête, les armes professionnelles à la main, à leur agresseur, un exemple à suivre.

Un détail avait attiré l'attention de Clément Astor dans cet article. Le lâche agresseur était décrit comme une femme d'une extrême violence, armée d'un instrument tranchant dont elle avait tenté de faire usage sur la jugulaire d'une des employées, secourue grâce à la présence d'esprit de sa collègue.

Un second détail le troublait aussi. Des témoins avaient signalé que l'agresseur s'était engouffré dans un véhicule blanc qui avait atteint une vitesse maximale en quelques secondes, un modèle non identifié, mais puissant.

Une enquête en cours n'avait rien donné. Les Astor se vantaient d'y voir plus clair, instantanément, que les gendarmes du coin. Et c'était grave pour la famille.

Ils avaient aussitôt épluché d'anciens numéros du *Courrier picard*, puis, de proche en proche, consulté d'autres journaux des régions voisines, étendu leurs recherches à des sites d'information.

La masse des faits divers leur était tombée dessus. Ils n'imaginaient pas le nombre de vols ou de tentatives de vol, de braquages, de hold-up non résolus, dans un périmètre aussi restreint.

En établissant une chronologie et une géographie des délits récents, ils voyaient se construire sous leurs yeux une ligne criminelle, une ligne brisée, le schéma n'était pas si simple, une ligne erratique, un peu folle, s'ils acceptaient de faire une telle concession propre à entraîner l'adhésion de Maria Bila, qui demandait des indices concrets.

Clément Astor a proposé un partage d'écran pour exhiber une carte sur laquelle il avait tracé des lignes rouges, parfois continues, parfois en pointillé, quand cela lui semblait moins coller, posé des gros points noirs symbolisant des scènes de crime, du moins de délit, accompagnés de dates.

L'entremêlement de certains traits n'empêchait pas de voir ressortir, selon lui, une ligne principale. Elle suivait les bords de la Manche, d'ouest en est, depuis Le Havre jusqu'au Tréport, ponctuée de cassures marquant des incursions dans l'intérieur des terres. Elle gagnait alors la Picardie où elle prenait une forme circulaire.

Cette dernière courbe inquiétait les Astor plus que le reste.

Ce territoire, entre Normandie et Picardie, Maria Bila n'en avait sûrement pas assez conscience, était celui, précisément, où l'entreprise de verrerie de la famille Astor était installée depuis plusieurs générations.

Ce n'était pas un signe, ça ? Plus intéressant que des histoires de voix qui se ressemblaient et se confondaient, plus rationnel que des délires à deux, à trois, à dix ou cent, Maria était obligée de le reconnaître.

L'aboutissement de cette série, c'était criant, serait la vallée de la Bresle, chez eux. Les auteurs des braquages manqués ou réussis s'en rapprochaient semaine après semaine.

La voleuse n'était pas signalée à tous les coups, la voiture blanche non plus. D'autres véhicules ou pas de véhicule du tout, des hommes, jeunes souvent, des bandes organisées, tous les cas de figure se côtoyaient.

La gendarmerie se flattait d'avoir procédé à quelques arrestations qui mettaient Iris et Blaise hors de cause, sauf s'ils s'étaient associés à d'autres malfrats, ce qu'ils avaient du mal à croire de la part de sauvages qui avaient choisi l'isolement.

Les affaires non résolues restaient les plus nombreuses, les plus douteuses. Les seules à figurer en rouge et en noir sur la carte, un tableau déjà impressionnant.

Maria Bila était bouleversée, elle n'imaginait pas sa sœur se livrer à un acte violent. Illégal, à la rigueur, criminel jamais.

Ils en étaient tous là, selon Astrid Astor. Si on n'avait aucune certitude, on était du moins obligé d'admettre qu'Iris et Blaise manquaient d'argent et menaient de ce fait une vie parfaitement irresponsable. Ne cherchons pas à les excuser.

Ils comprenaient que Maria ait du mal à voir sa sœur dans un tel rôle. Ils étaient forcés de lui révéler qu'Iris leur avait réclamé, à la fin de leur seule visite, une somme importante, de manière menaçante. Elle s'en était prise à la voiture de Clément, avait menacé de l'expédier au fond de la Manche. Il s'en était fallu d'un rien qu'elle s'en prenne à leur personne. Violente, elle l'était, elle d'abord.

Elle avait dit sa haine de leur richesse supposée, malheureusement renseignée par Blaise sur les habitudes financières de leur famille. Elle s'était fait la main en route, en réussissant quelques attaques à main armée, pas toutes, une chance. On sentait bien qu'elle n'avait qu'un but, se rapprocher le plus possible de la verrerie et dévaliser un jour le coffre installé dans le bureau principal de l'entreprise, qu'elle croyait plein à craquer, comme l'avait laissé entendre, à tort, leur frère.

Un moindre mal serait qu'ils se contentent de réclamer à Clément et Astrid, ne disons pas poliment, n'exigeons pas l'impossible, une certaine somme d'argent, comme ils avaient commencé à le faire dans leur taudis. Réclamer, ce n'était pas obtenir.

Astrid Astor les voyait débarquer, un soir, à l'heure de la fermeture des bureaux, comme le suggérait le mode opératoire décrit par la presse dans la plupart des agressions de commerçants. Ils braqueraient les derniers employés présents ou le patron en personne. Clément n'était pas du genre à se laisser faire. Ce serait un carnage.

Elle montrait sur l'écran le bureau de Clément, les murs tout en verre, pour symboliser la vocation transparente de l'entreprise. Des adeptes de la transparence, on ne pouvait pas mieux dire, persuadés que tout était clair en permanence autour d'eux, sûrement en eux aussi. Ils découvraient que leur belle construction en verre était leur faiblesse. Si des malades déboulaient dans l'usine, ils penseraient que toutes ces richesses trop visibles seraient à portée de main. Des vitres haute sécurité, ils avaient fait le nécessaire, qualité France et qualité Astor, mais on ne savait jamais.

Maria Bila se disait qu'elle n'en voudrait à personne de tester la résistance de leurs matériaux à la barre à mine.

S'il fallait parler de folie à deux, les Astor faisaient un aussi bon exemple que Blaise et Iris. C'était sûrement de la psychologie approximative, mais le frère et la sœur partageaient un beau délire paranoïde.

Ils inventaient un complot progressif avec explosion finale. Les petites victimes des dernières semaines s'effaceraient devant les victimes suprêmes, eux, les Astor. Un programme parfaitement construit, dirigé contre leurs personnes et leur palais de verre, mais pour qui se prenaient-ils ?

Pour Maria Bila, il fallait se calmer et supposer une tout autre histoire.

Elle ne rejetait pas la totalité de leur dossier, ne niait pas la série des commerces dévalisés, ni le déplacement progressif des incidents d'ouest en est. Elle contestait l'intentionnalité de ces gestes qui ne pouvaient pas tous être attribués aux mêmes auteurs. L'encerclement progressif de l'usine Astor, pure paranoïa, on pouvait oublier.

Ce qu'ils avaient mis au jour avait pourtant son mérite. S'ils avaient vu juste, la thèse de la folie à deux qu'ils avaient rejetée l'autre fois remontait à la surface et se renforçait comme jamais.

Comment ? Ne nous laissons pas embarquer par la peur, réfléchissons solidement. Elle voyait de mieux en mieux apparaître le processus.

Si Blaise et Iris avaient donné la main à une ou plusieurs des actions répertoriées, c'était par une sorte de phénomène de cristallisation qui se produisait en eux et entre eux. Des verriers, la cristallisation, ils saisissaient mieux ?

Pas du tout. Pour la matière concrète, oui, ils voyaient, pour des êtres vivants, cela ne voulait rien dire. Encore une expression alambiquée, elle tenait à perdre Clément et Astrid ou quoi ?

Non, Iris et Blaise s'entraînaient tout simplement l'un l'autre, ce qui en soi ne serait rien, mais ils s'entraînaient l'un l'autre dans des opérations que seuls ils n'auraient pas été capables de mettre au point.

Elle en était sûre. Sa sœur, seule, n'aurait jamais imaginé des braquages, si modestes qu'ils paraissent. Et leur frère ? Il suffisait de les entendre, leur frère, tout seul, n'avait pas les moyens de concevoir le tiers du quart d'un plan quelconque.

Pris séparément, rien de mal. L'un poussé par l'autre, tous les excès. Dans leur face-à-face en bord de mer, cela cristallisait. Autrement dit, ils partaient en vrille, si ça leur parlait davantage.

Clément et Astrid Astor semblaient déstabilisés dans leur aquarium, tournaient en rond, s'interrogeaient du regard, ne savaient pas quoi dire, un ébranlement de tout leur être.

La maladie mentale pouvait agir comme un vulgaire virus, se transmettre, s'était transmise à leur frère ? Ils luttaient contre une thèse aussi invraisemblable. Non, ce n'était pas un virus. La contagion accélérée, on l'avait vue à l'œuvre. Imaginons que la dinguerie aille aussi vite… Y penser, c'était renversant. Ils y pensaient. Leur frère contaminé.

Maria n'était pas mécontente de son effet. N'allons pas trop loin pour autant. Pour commencer sans brutalité, une initiative commune s'imposait, parler à Iris et Blaise, leur faire comprendre qu'ils étaient identifiés. Que leurs familles connaissaient leurs agissements. On les mettrait en garde sur les conséquences de leurs actes.

Clément et Astrid se reprenaient. Faire preuve de modération avec des malades mentaux, c'était bien gentil, mais était-on sûr d'être compris de gens pareils ? Faire la morale à ceux qui s'en affranchissaient, on courait à l'échec. Est-ce que ce ne serait pas dérisoire, voire contre-productif ? Un encouragement à poursuivre, oui, pour faire les mauvaises têtes.

Clément Astor préférait se rabattre sur une solution pratique, que des malades assimileraient plus facilement que des généralités : leur mettre une seule limite, très simple, se contenter d'avertir les apprentis voleurs que ce n'était pas la peine de s'en prendre à une boîte comme la sienne, sous surveillance renforcée. On les attendrait. Avec de bonnes menaces de ce style, ils comprendraient, fous à deux ou pas fous, on dormirait mieux.

Pas d'autre objectif que de mieux dormir ? Sortir le couple de son enfermement actuel ne leur paraissait pas urgent ? Casser la cristallisation nocive ?

Cristallisation nocive, Maria Bila ne pouvait pas faire plus simple ? C'était ce qu'on apprenait à Polytechnique ?

Elle se disait prête à faire un pas dans la direction des Astor : si on se dispensait de leur faire la morale et si on voulait empêcher ces deux-là d'attaquer à main armée les belles vitrines de la verrerie Astor, si en plus on préférait du concret, il faudrait en passer par l'argent. C'était concret, l'argent. On partait moins en vrille, avec un minimum de fric, ils comprenaient ça ?

Les verriers avaient peur de se faire voler, qu'ils prennent donc les devants. Qu'ils se délestent de quelques billets par anticipation. Renflouons Iris et Blaise, ils se tiendraient tranquilles tant qu'ils sentiraient leurs poches pleines.

Maria Bila était prête à apporter sa contribution, cinquante-cinquante, à hauteur de quelques centaines, peut-être quelques milliers d'euros, les Astor ne pouvaient pas dire non.

Des milliers d'euros ? Ils se consultaient du regard dans leur bureau de verre. Transparents comme jamais. Acheter leur tranquillité, ça leur ferait plus de mal que n'importe quoi. Ce serait mettre le doigt dans un engrenage, les réclamations incessantes, à partir du moment où on a cédé une fois. Des milliers d'euros sans fin. On n'allait pas entretenir des paresseux à vie.

Payer, non. Ce serait comme accepter une rançon.

Désormais, ils trouvaient très intéressante la thèse de Maria Bila, elle les arrangeait, pour tout dire : si Iris et Blaise étaient un cas de folie à deux, la question de l'argent, dans leurs braquages, n'était-elle pas secondaire ?

Voler, ce n'était pas voler ou simplement survivre, c'était plutôt sortir de la norme sociale, en faire baver à leur famille, aux riches, à la terre entière. En les finançant, on engraisserait leur folie. Coup double pour eux, défier la société tout en ayant les poches pleines. On en avait vu d'autres.

Ils étaient plus fins qu'ils ne s'en donnaient l'air, comme l'a pensé Maria Bila, du moment que cela leur permettait de faire des économies.

Les possibilités s'amenuisaient, Maria Bila s'en remettait à eux.

Clément Astor a annoncé une solution imparable, ménageant un grand silence, comme s'il cherchait la meilleure formulation.

Plus fort qu'on ne pouvait le croire, cet abruti. Alors, sa solution ?

C'était tranché, il fallait faire peur à Iris et Blaise. La peur, c'était ce qui marchait le mieux avec des malades. Pas seulement les mettre en garde, mais leur annoncer *ex abrupto* que les familles Bila et Astor les dénonceraient immédiatement à la gendarmerie. La menace d'une dénonciation venant des familles serait prise au sérieux.

Et si ça ne marchait pas ?

Il faudrait passer à l'acte. Les autorités s'engageraient, si on insistait, à la plus grande discrétion. Prière de ne pas se répandre dans la presse pour valoriser leur bilan sécuritaire.

Quelques interrogatoires bien sentis calmeraient la paire. Et puis, si le but était de les décoller l'un de l'autre, selon le vœu de Maria Bila, elle aurait pu dire d'obtenir leur décristallisation, ce serait un moyen sûr de l'atteindre.

Une détention provisoire dans une prison d'hommes et une prison de femmes les séparerait mieux que n'importe quel traitement psychologique.

Et les empêcherait de venir visiter leur bureau vitré et leur coffre métallique. Tout bénéfice.

Ils se prenaient à rêver de conséquences minimes. Les familles ne seraient pas trop éclaboussées, si la justice se montrait aussi discrète que la police. On y veillerait.

Et cette folie partagée, si Maria Bila avait raison, deviendrait un atout. Les malades mentaux, on leur proposait ou imposait des soins, ils étaient dispensés de peine, non ?

Tout bénéfice pour tout le monde, encore une fois, pourquoi n'y avait-on pas pensé plus tôt ?

Les Astor irradiaient sur l'écran. Le coup de génie, cette folie à deux, de quoi tout excuser et tout effacer. Un bon internement, et on serait bien débarrassé.

Maria Bila, sous les yeux de son compagnon et de ses enfants, était abattue dans sa longère de Manou. Elle ne s'attendait pas à ce que sa réflexion entraîne à ce point l'adhésion des Astor, une adhésion trop intéressée, et débouche sur une mesure aussi radicale. Elle les avait sous-estimés.

Elle les a implorés de ne pas mettre leur menace à exécution sur-le-champ. En jouer avec Iris et Blaise, pourquoi pas ? Si c'était elle qui s'en chargeait, elle n'était pas contre. Après quoi, si les deux s'obstinaient, elle laisserait la famille de Blaise aller au pire. Prenons date.

Le ratage du pressing, c'était comme s'être fait voler un tour ; un manque à gagner criant.

Pour la première fois de leur vie partagée, Iris Bila et Blaise Astor connaissaient la faim, la vraie, celle qui faisait mal, sans appétit, seulement la torsion des boyaux, tenace.

De grosses pluies, tout aussi nouvelles dans la saison, contournaient les bâches sur la charpente, des rigoles faisaient cercle autour d'eux, pas trop loin, l'humidité imprégnait les murs, les vêtements. Ils se tenaient dans les vingt mètres carrés les mieux abrités, n'en pouvaient plus de ces bruits de chasse d'eau perpétuels.

Il était temps de retrouver un poil d'excitation. Le seul moyen, réussir enfin le gros coup, celui qu'ils avaient conçu sans parvenir à le réaliser. Un échec ne devait pas les refroidir. L'analyser, pour le surmonter, Iris y mettait toute son énergie.

Blaise, lui, ressentait des malaises : hypoglycémie, éblouissements, étourdissements répétés, divers dérangements intestinaux. Petite nature, par moments,

Blaise. L'estomac creux l'empêchait de penser et de participer à des préparatifs. Iris le remontait, le mettait au repos. Elle mâchait les restes de pain, pour éviter toute faiblesse, sortait dépenser les derniers euros et compléter les achats par de menus prélèvements dans les rayons.

Rien pour la retenir. Pas de permis de conduire ? Elle se mettait au volant sans crainte. Jamais contrôlée par le moindre gendarme, elle les mettrait dans sa poche, si ceux du coin lui faisaient un signe.

Elle parcourait seule les bourgs des alentours, revenait avec des listes de commerces isolés, à des emplacements plus ou moins favorables, plus ou moins fréquentés. Elle éliminait d'office ceux qui occupaient plusieurs employés.

À son retour, elle montrait les photos de ses repérages, soupesait avec Blaise les risques liés à la situation, à la corpulence, à la tête du commerçant. Désigner leur prochaine victime devenait un moment fort de leur association, surtout si la discussion s'accompagnait d'un plat préparé ou d'une nouvelle bouteille volée.

Ils prenaient leur temps, pas le droit à l'erreur.

Il arrivait à Blaise Astor de se prélasser seul face à la mer, dans l'attente d'Iris, sur une chaise longue au tissu décoloré et au bois rongé d'humidité.

Le trouble, à l'apparition d'un nageur, alors que la mer était formée. Il longeait la côte dans sa combinaison noire, avec un masque de plongée et un tuba bleu, se rapprochait de la plage, allait débarquer, reprenait le large, selon les mouvements de la houle.

Fallait-il lui faire des signes ou le sommer de s'éloigner ? Un forcené de la natation, indifférent aux mauvaises conditions, cela pouvait susciter l'admiration ou le doute.

Ses pauses, après quelques longueurs de crawl, le mettaient dans la position d'un observateur. Un de ces voyeurs qui cherchaient à les surprendre, Iris et lui, quand ils baisaient en plein air ? Ou, sous une combinaison quasi militaire, un membre d'un peloton spécialisé de la gendarmerie, une sorte d'homme-grenouille envoyé là pour surveiller leurs agissements ? Des soupçons pèseraient sur eux, après leur série de braquages, il avait du mal à y croire. Rien de grandiose, leurs modestes hold-up. Dernière possibilité, les familles, son frère surtout, étaient bien capables d'envoyer quelqu'un pour leur faire peur et les obliger à quitter l'endroit.

Non, tout ça ne tenait pas debout, la faim, les petits dérangements du moment devaient le rendre parano.

Comme Iris venait de rentrer de son exploration, il a voulu lui montrer le nageur, mais sa tête disparaissait entre les vagues et ne resurgissait jamais à l'endroit attendu, comme s'ils étaient plusieurs. Il avait pris le large et remontait vers le nord. Iris ne distinguait personne, ne prenait pas ses craintes au sérieux, des hallucinations auxquelles il serait facile de mettre fin par l'action, des gains appréciables, les repas dignes de ce nom qui suivraient.

Justement, si elle avait traîné plus longtemps que d'habitude, c'était parce qu'elle avait trouvé l'objectif parfait. Il s'agissait d'une pharmacie, un commerce sans outillage contondant, un des derniers en activité dans un gros bourg de la Côte d'Albâtre, en terrain connu, ni trop loin, ni trop près. Proche d'un lieu touristique, promesse de fonds consistants. Une petite rue du centre, mais à pas vingt mètres de l'axe principal menant en moins d'une minute à la sortie.

Et une pharmacienne grisonnante, à l'ancienne, comme sa boutique d'un vert pâli. Une dont la patientèle locale, presque aisée et âgée, préférait encore l'argent liquide, comme on pouvait l'espérer, pour les médicaments de confort. Elle respirait la bienveillance et le dévouement pour les souffrants. C'était pour eux. Une affaire qui marchait mieux que jamais, la santé, vraiment l'idéal.

Un inconvénient : en fin de saison estivale, le flux des petits malades touristiques mêlés aux locaux restait intense quelle que soit l'heure. Bien sûr, la moyenne d'âge assez élevée limitait le risque de la présence d'un héros justicier.

Normalement, c'était au tour de Blaise Astor de s'y coller, en vertu de la méthode égalitaire qu'ils avaient adoptée depuis le début, sauf la seule fois malheureuse.

Si cette fois ne comptait pas, oublions le désastre, et si les défaillances récentes de Blaise persistaient, renforcées par sa trouille de voir débarquer sur leur plage des hommes-grenouilles en mission, Iris ne voyait pas d'obstacle à mener l'opération seule, ne serait-ce que pour rattraper son échec. Question d'honneur, ils en avaient assez parlé.

Question d'honneur aussi, Blaise ne se dégonflerait pas. Va pour la pharmacie.

Iris Bila pensait avoir fait des repérages solides et maîtriser les lieux mieux que jamais, le minutage, la gestuelle et les mots qui lui avaient manqué au pressing.

Blaise Astor n'aurait qu'à garer sa Lexus à l'emplacement idéal qu'elle avait choisi et à se préparer à la lancer le plus vite possible sur la départementale, en prenant soin de foncer plein est, pour désorienter ceux qui l'auraient repérée, puisqu'ils auraient à regagner l'ouest.

Une allée forestière sur la droite permettrait de rejoindre un chemin vicinal parallèle, en sens inverse. Et on n'y ferait pas une pause sexe, comme d'autres fois, pour relâcher la pression.

Le professionnalisme s'imposait. Elle se flattait d'être devenue plus calculatrice et plus déterminée, en n'oubliant pas de préciser que c'était grâce à lui.

Il s'est empressé d'ajouter qu'il se sentait soudain plus courageux, comme porté, grâce à elle.

Courageux au point d'attendre dans la voiture le retour de l'exécutante, ce n'était pas plutôt une marque de lâcheté ?

Ne pas se laisser traverser par une pensée contraire. Elles avaient occasionné trop de défaillances chez lui, les pensées contraires. Iris n'avait pas de pensées contraires, elle ? Rassurons-nous. Les pensées contraires, elle les avait connues avant leur association. N'en parlons plus.

Blaise a fait un dernier effort pour chasser de son esprit l'image du nageur masqué en combinaison noire qui revenait le narguer entre les vagues.

Ils ont parcouru les trente kilomètres dans la joie des voyageurs, le vide devant eux. Les petites routes, personne ne savait en profiter ni en jouir. La verdure devenait rocheuse, une lande illimitée se heurtait à une lisière, ils se disaient qu'ils se perdaient, oubliaient où ils allaient et pourquoi, le vide en eux.

Tout surpris d'arriver si vite au but. Ils se taisaient. Pas besoin de réviser ni de s'encourager. Iris Bila a lissé ses cheveux sous un bonnet de marin tout neuf, piqué dans un Monoprix, a étiré son masque bec de canard le plus haut possible, plongé le bras dans une écharpe en lin, pour y dissimuler une arme de poing de taille modeste, la première du genre. Oui, un petit revolver.

Iris a remarqué le regard étonné de Blaise. Pas d'inquiétude, un jouet, fauché au Monoprix, avec le bonnet. L'expérience, le professionnalisme encore, elle y avait réfléchi. Inspirer la peur suffirait, elle y croyait, leur meilleur plan, ensuite ils resteraient tranquilles un long moment, confiance.

Elle l'a embrassé en vitesse, comme un adieu en raccourci.

Iris Bila a marché d'un pas nonchalant jusqu'au coin de la rue adjacente, marqué une pause avant de bifurquer, un signe de tête en direction de Blaise. Elle attendait le départ d'une des premières clientes, à l'ouverture de quinze heures, le passage d'un cycliste qui a laissé traîner son regard sur le bonnet marin d'Iris, pas trop de saison, une touriste qui jouait les navigatrices. Elle s'est engagée dans la petite rue, la démarche décidée, échappant à la vue de Blaise.

Il surveillait ses rétroviseurs, moteur allumé et silencieux, le pied à fleur d'accélérateur. Il n'aurait pas dû s'y prendre trop tôt. Pas très professionnel ; Iris valait mieux que lui. Trop de crispation, une crampe menaçait. L'impatience montait trop vite, provoquait une anxiété déplacée.

Cela durait. Trop. Iris devait être gênée par un afflux de clientèle, temporiser pour choisir son moment. Mais qu'est-ce qu'elle attendait ?

Et ces éclats de voix et ce claquement sec comme un coup de feu ? Le jouet d'Iris n'en aurait pas été un ? Ou la vieille pharmacienne était méfiante, armée ? Une des deux sur le carreau, on ne voulait pas ça.

Iris tardait encore, c'était sûr, elle avait pris une balle. La récupérer en sang, mais comment ? Blaise sentait son pied droit attiré par l'accélérateur, un à-coup, non, non, il n'allait pas prendre la fuite, lâcheté, lâcheté. Il en était capable, la honte.

Il a passé la marche arrière pour se porter à la hauteur du coin de la petite rue. La manœuvre l'occupait, il ne voyait pas grand-chose, mais les gueulements se poursuivaient, s'atténuaient, remplacés par un vrombissement de moteur, vite lointain, en sens inverse, des appels étouffés.

Il fallait sortir du véhicule, jouer le rôle du promeneur qui s'approche pour se rendre compte, lâcheté, lâcheté.

Pas eu le temps d'ouvrir sa portière, Iris Bila se jetait sur la sienne, engueulait Blaise de s'être montré avec sa voiture blanche. Les témoins se multipliaient aux fenêtres, dans la rue, braillaient.

Blaise Astor a osé l'accélération de sa vie. Il se voyait tout près de défoncer dans les dix secondes ce qui restait de l'aile droite de la Lexus, une impression de s'envoler et de ne rien maîtriser. La voiture glissait sur le bas-côté, se rétablissait, basculait à gauche, déclenchant toutes les alertes programmées, vitesse excessive, franchissement des lignes. Ça tapait dans la tête, les battements du sang rétrécissant les tempes, les exhortations excitées d'Iris, plus droit, plus vite, plus fort, puis tout doux, à n'y rien comprendre.

Ralentissons, là, tranquille, pour ne pas rater la première à droite, l'allée dans la forêt. Ça secouait, le virage trop brusque, finissons. Épargnons les amortisseurs, personne derrière, reprenons l'allure des voyageurs découvrant la campagne, jusqu'à la route sur la droite, vers l'ouest, conformément au plan initial.

C'était bien la question, pour Blaise. Où en était-on du plan initial ? Si on le retrouvait, c'était qu'on l'avait perdu en route, non ?

Il attendait un compte rendu qui tardait à venir.

Plus tard, plus tard, Iris était encore trop bouleversée, Blaise Astor ne voudrait jamais la croire.

Si grave ? Oui et non, ce n'était pas la gravité le plus important, le plus incroyable. Elle n'arrivait pas à le dire. Toutes les pièces dérangées dans sa tête, elle les remettrait en place, s'il ne l'interrompait pas, parce qu'il l'interromprait sans arrêt, en entendant ça.

Ce qui n'arrivait à personne. Ce qu'on trouverait invraisemblable dans un blockbuster ou une série.

Une entame conforme au projet, pourtant. Iris avait attendu l'éloignement vers le centre du bourg de la seule cliente âgée de la pharmacie, fait mine d'échanger des politesses avec la pharmacienne diplômée d'État, Mme Collet, comme le disait le badge sur sa blouse blanche, puis changé brutalement de ton, pour l'effet de surprise, appuyé par le geste menaçant du bras sous l'écharpe, laissant émerger le canon du faux pistolet.

Mme Collet ne s'était pas laissé impressionner plus que ça, gardait son calme, appelait à l'apaisement. On allait tout arranger en famille, une femme d'expérience, elle en avait vu d'autres, des toxicomanes prêts à dévaliser les produits de substitution ou tout ce qui les doperait. Elle fournirait, si on respirait un grand coup, elle proposait ses soins, si nécessaire, ses conseils, cela faisait partie des services rendus en pharmacie.

L'effet de surprise était renversé. Pas longtemps ; Iris a été obligée de monter le ton. Non, pas de médicaments, pas de drogue, de l'argent, de l'argent seulement.

La pharmacienne ne révisait pas sa stratégie. L'argent, elle en avait aussi, de l'argent, elle promettait d'ouvrir la caisse, sans être soumise à une menace. Ce n'était rien, l'argent, pour elle.

Elle cherchait à gagner du temps, trop visible, pour déclencher une alarme, sans aucun doute, il fallait la presser, dégager le canon de l'arme.

Pas eu le temps. Un scooter jaune freinait devant la pharmacie, un jeune gars casqué en est descendu sans arrêter le moteur, a mis la béquille trop vite, au risque du déséquilibre. Iris Bila a pensé que Mme Collet avait trouvé le moyen de prévenir une connaissance qui intervenait pour la débarrasser de l'intruse. Si ce n'était pas le cas, il tombait bien pour la pharmacienne qui l'accueillait déjà comme son sauveur.

Grosse erreur, c'était ça l'incroyable, le truc qui ne devrait arriver à personne : une pharmacie reculée victime de deux braquages quasi simultanés. La braqueuse braquée par un sale rival, beaucoup plus décidé qu'elle, mieux entraîné, armé d'un revolver qui avait l'air plus authentique que le jouet.

Iris Bila se retrouvait dans la position de celle qui s'interposait entre l'agresseur et la première victime, comme obligée de la défendre et de défendre son bout de gras potentiel. On marchait sur la tête, ça tournait au ridicule.

Elle a gueulé qu'elle était la première sur place, comme s'il y avait des préséances, quand on dévalisait un commerce.

L'autre était aussi bouché que la pharmacienne, il a mis du temps à comprendre qu'elle était sur le coup, exactement comme lui. La situation a fini par s'éclaircir dans son cerveau, il ne menaçait plus Iris comme une cliente à traiter comme un otage, il l'a écartée néanmoins pour accéder à la caisse, sûr de sa domination.

Iris ne voyait pas pourquoi elle céderait la place, elle a continué à réclamer son dû à la pharmacienne, s'imposant au braqueur comme une alliée obligée.

Mme Collet a ouvert sa caisse en disant qu'elle ne discuterait rien. Elle a cru pourtant pouvoir profiter du désaccord entre ses agresseurs en le renforçant : à qui devait-elle donner les billets en priorité ? À Madame ? À Monsieur ? Elle avait un de ces aplombs. Elle attendait qu'ils se bouffent pour s'en tirer à bon compte.

Ils allaient le faire, se sont rapprochés et menacés l'un l'autre. La pharmacienne n'a eu peur de rien, elle a attrapé le bras armé de chacun, tiré si fort qu'ils ont laissé tomber leur pistolet.

C'est là que tout a dégénéré. Le gars était en rage, déstabilisé de se heurter à deux femmes qui contrecarraient son si beau plan. Il a récupéré les revolvers, les a braqués alternativement sur Mme Collet, pour qu'elle se dépêche de remplir son sac, et sur Iris, pour qu'elle ne se mêle plus de l'histoire.

Il a désigné à Iris des médicaments à entasser dans un second sac. Elle n'avait pas l'intention d'obéir, marchait sur lui, sans arme, réclamait sa part. Un nouvel échec, c'était trop pour elle, elle avait agi comme une idiote, en revendiquant sa part, sous prétexte d'être entrée la première dans la pharmacie.

Faisons moitié-moitié ? Pour qui elle se prenait, celle-là ? Il n'avait pas l'intention de discuter. Comme elle ne lâchait pas son cinquante-cinquante, il a reculé, pour avoir la paix. Qu'elle se serve, une poignée, pas davantage, un pourboire pour la plus modeste.

Il a encore réfléchi, elle allait en profiter pour s'en mettre plein les poches. Il lui a jeté comme ça quelques billets de vingt, le mépris en plus.

Mme Collet a profité de cet instant d'échange où elle n'était pas en ligne de mire pour se mettre à l'abri ou pour tenter de saisir une arme cachée dans un tiroir sous la caisse, qu'elle espérait attraper depuis le début, c'était certain, en femme décidée qui n'en était pas à son premier braquage.

Arme ou pas arme, elle n'a pas eu le temps d'aller loin. Le mec, dans le doute, a paniqué, tiré, un seul coup, dans le bras ou dans le ventre, pas dans la tête, c'était tout ce qu'Iris avait eu le temps d'apercevoir, la femme qui se repliait et disparaissait derrière son comptoir.

Il ne fallait pas traîner. La seule peur d'Iris, que le salaud se retourne contre elle. Mais non, elle n'était pas un témoin ordinaire, il lui laissait sa chance avec son aumône.

Il a relancé son scooter jaune à toute blinde, manqué de renverser une passante, une cliente de la pharmacie qui appelait le voisinage au secours, après avoir entendu le coup de feu et assisté à la fuite de deux criminels dans deux directions différentes, Iris partant en sens inverse pour rejoindre la Lexus, qui n'aurait jamais dû apparaître au bout de la rue.

Elle espérait que les témoins se soient plus concentrés sur le scooter jaune et la conduite dangereuse du fuyard que sur elle qui s'était efforcée de longer les maisons avec discrétion, comme une femme plus apeurée que suspecte.

Elle se félicitait de sa présence d'esprit, sans pouvoir aller plus loin. L'esprit foutait le camp maintenant. Elle était secouée de tremblements sur son siège, de sanglots. Son corps lui échappait. Elle ne savait pas pourquoi elle pleurait si fort. La pitié pour Mme Collet, peut-être morte, ou le dépit de s'être fait doubler par un plus malin, un plus brutal, un vrai ?

Elle n'arrivait pas à croire qu'ils en soient arrivés là. Ils ne voulaient de mal à personne, Blaise et elle, ils étaient bien d'accord, depuis qu'ils se servaient dans la caisse des autres ? Non, pas eux. Une femme sublime, Mme Collet, elle l'aimait, cette femme, son nom gravé là, à vie, si elle devait mourir. Sa seule émotion à cet instant.

Deux jours qu'ils restaient enfermés dans leur bâtisse, ravagés comme elle, barricadés, s'attendant à l'irruption d'un peloton de gendarmerie.

Ils se sentaient au bout de leur vie, de la vie qu'ils avaient tentée ensemble.

Blaise cherchait à se rassurer. Lui, déjà, ne pouvait pas être mis en cause comme acteur direct du braquage, à peine comme témoin.

Il se défilait ? Non, touriste de passage. Et si Iris était inquiétée, elle aurait également la ressource de se donner le rôle de la voyageuse affligée de maux de tête, en quête d'une boîte de Doliprane, au bon endroit, au mauvais moment.

Ils supposaient que l'homme au scooter jaune avait pris toute la lumière, avec son casque scintillant, le claquement de son coup de feu, son départ bruyant, sa course zigzagante.

La fuite d'Iris, si elle se présentait comme une cliente surprise, serait difficile à justifier ?

Pas tant que ça. Dire qu'elle était sous le choc. Très bien vu, être sous le choc, tout le monde sous le choc, dans toutes les circonstances.

Défense puérile ? Peut-être, ils n'en voyaient pas d'autre. Leur défense, si c'était une défense, ne serait tenable qu'à une condition, que Mme Collet soit morte.

Blaise Astor a rejoint le sommet de la falaise aval, pour capter le réseau disponible et consulter des sites d'information.

La pharmacienne était vivante, mais plongée dans le coma, une balle dans la poitrine, en urgence absolue. C'était bien aussi, l'urgence absolue, elle leur donnerait du temps.

Iris aurait voulu brûler les cinq billets de vingt euros octroyés par le vrai braqueur à la dernière seconde, pour ne garder aucune trace de l'événement.

Pas question pour Blaise, le seul argent disponible pour se nourrir, ces cent euros. Des billets non identifiés, prélevés dans une petite pharmacie, il valait mieux les remettre aussitôt dans le circuit économique, faire le maximum de provisions, pour survivre eux aussi, jusqu'à ce que le bruit de l'affaire retombe.

Il ne retombait pas, une malheureuse en sursis, deux probables drogués soupçonnés. Deux, et armés. Le rôle de cliente perturbée risquait d'être refusé à Iris, si on remontait jusqu'à elle.

Le pistolet qu'elle avait abandonné sur place n'était pas présenté comme un jouet en plastique, il n'en était question nulle part ou le voleur l'avait embarqué avec le sien. Ou les enquêteurs masquaient des indices à la presse, pour instiller le doute dans l'esprit des suspects.

Iris luttait contre le doute. Oui, elle avait eu la bonne idée d'enfiler des gants jetables à usage sanitaire, comme les masques, elle espérait ne pas avoir laissé d'empreintes. Cela la mettait à l'abri. Comment en être sûre ? Regain de terreur.

Depuis la falaise où il montait plusieurs fois par jour, Blaise Astor tapait des mots clés sur son écran, voyait des théories s'échafauder. Une des dernières pharmacies au service des populations privées de tout avantage avait été la cible d'individus sans aucune limite. Le désarroi des déserts ruraux prenait de l'ampleur. La criminalité urbaine débordait sur les zones périphériques, à moins, plus affolant, que la délinquance ne germe dans le terreau local, nourrie par une toxicomanie galopante. Les commentateurs aimaient extraire des généralités du plus infime détail.

L'état stationnaire de Mme Collet laissait l'affaire ouverte, tout en l'empêchant de progresser.

Les deux, suspendus à son réveil qui ne se produisait pas, s'enfonçaient dans leur isolement. Ils prenaient prétexte du mauvais temps croissant pour ne plus mettre un pied dehors.

Pluies régulières, les promeneurs se raréfiaient. Leur rareté les rendait inquiétants. S'ils se présentaient, la grosse voiture abîmée et sale les intriguait. Abandonnée ? Volée ? Pas d'habitants dans cette baraque, du moins qui répondent aux appels. Ils allaient alerter la gendarmerie, on ne s'en sortirait pas.

Il arrivait que la porte principale soit secouée, la serrure pas loin d'être forcée. Iris et Blaise les soupçonnaient tous d'être envoyés par la mairie ou par d'autres services sociaux, pour les déloger. Deux fois, ils ont cru que c'était fini, des uniformes, du bleu partout, l'arrestation, et puis non. Ils se demandaient s'ils avaient eu la même hallucination.

Ils se sentaient assiégés, restreignaient chaque jour davantage leur espace vital, tout en se touchant moins et en se parlant peu, sauf pour signaler un crissement suspect, le passage d'un rongeur, les criaillements d'un oiseau qu'ils associaient à la voix humaine, le passage du vent dans la charpente dont les craquements les réveillaient.

Ils étaient devenus hypersensibles, aux aguets, cela n'aurait pas de fin.

Un premier ronflement de moteur, en fin d'après-midi, suivi d'un second, l'ampleur disproportionnée du bruit du contact coupé, Iris et Blaise étaient saisis dans leur demi-obscurité.

Ces voix qui se saluaient et encerclaient la maison, se rapprochant de l'entrée, appelant fort, s'adressaient personnellement à eux ?

Ils peinaient à reconnaître le timbre de ces voix superposées, s'intimaient du regard l'ordre de ne pas se manifester, tant que ce serait tenable.

Les visiteurs déclinaient leur identité à grands cris. S'ils croyaient rassurer les occupants, ils s'y prenaient mal. Maria Bila, Astrid et Clément Astor se présentaient en force à la porte, s'excitaient dehors, demandaient à être accueillis sans attendre. Ils n'allaient pas rester sous la flotte. Ils étaient sûrs de la présence d'Iris et de Blaise. La preuve, la voiture, ils n'imaginaient pas de moyen de sortir de ce trou autrement.

Oublions les discussions précédentes, les disputes pour dire la vérité, les mots en trop, les méchancetés, les craintes, les soupçons, parce qu'ils n'avaient pas manqué d'en accumuler, des soupçons et des méchancetés et des mots en trop. Tout effacé, depuis la grande nouvelle.

Quelle grande nouvelle ?

La nouvelle.

Peur de se faire avoir, une fausse nouvelle pour éveiller leur curiosité et les attirer dehors, leurs familles étaient prêtes à tout.

Les cris reprenaient, les assauts contre la porte, et puis la vraie grande nouvelle à partager.

Devant tant d'insistance, il valait mieux céder, pour les expédier plus vite. Les deux se sont montrés dans l'entrebâillement de leur porte, serrés l'un contre l'autre.

Passé le premier moment de recul, en les découvrant sales, comme trempés sous des couvertures grises, Blaise barbu et chevelu, méconnaissable, Iris échevelée, creusée à faire peur, les Astor et Maria Bila se sont imposés dans l'entrée, jusqu'à la seule pièce habitable, suivant du regard les traces d'humidité croissantes sur les murs, se félicitant d'intervenir au moment opportun. C'était trop grave.

Alors la nouvelle.

Ils n'avaient pas la nouvelle ? Ce n'était pas croyable, sans être étonnant. Ils s'étaient exclus du réel à ce point ?

Clément Astor tenait à prendre la parole en premier. Lui seul aurait assez de franchise pour dire ce qui devait être dit.

Tous les sales coups accumulés dans la région, ils en avaient entendu parler, comme tout le monde ? Ceux qui n'avaient pas été résolus, il les avait mis sur le dos d'Iris et de Blaise, s'il fallait se montrer aussi franc qu'annoncé.

Le sommet avait été atteint, avec l'histoire de la pharmacie. La violence extrême, la quasi-mort cérébrale d'une femme, une limite avait été franchie. La solidarité familiale, celle de Maria Bila surtout, soyons honnête, ne tenait plus.

Les messages infinis laissés sur les répondeurs de Blaise et d'Iris, ils ne les avaient pas consultés ? L'absence de réseau, l'excuse était trop facile. Qu'ils ne nient pas avoir parcouru une fois les cinq cents mètres qui permettaient d'accéder au monde normal, comme tout le monde, au cours de la semaine écoulée.

Ils le niaient ? Ils n'étaient pas tout le monde ? La mauvaise foi absolue, on avait du mal à s'y habituer.

Le frère et les sœurs n'en pouvaient plus de ce silence, s'étaient résignés à reprendre langue, avaient pris la décision d'agir ensemble pour leur faire entendre raison et obtenir d'eux une dénonciation spontanée.

Leur intention première, mieux qu'une dénonciation, une reddition pure et simple, en leur offrant les services de l'avocat de la verrerie Astor, un geste de bonne volonté, à la demande expresse de Maria Bila.

S'ils avaient résisté, ils pouvaient s'attendre à être dénoncés par leur famille, Clément en tête.

Ça, c'était avant la grande nouvelle. La nouvelle qui changeait tout.

Ce matin, ils se préparaient, chaque famille de son côté, pour converger vers cette fameuse zone blanche, plus inaccessible que jamais, et c'était tombé. La radio, des notifications, tout confirmait l'arrestation d'un suspect dans l'affaire de la pharmacie.

Elle leur était venue aux oreilles, cette histoire au moins ? Reclus, pas au point d'ignorer qu'une pharmacienne s'était fait descendre à une demi-heure de chez eux, toujours entre la vie et la mort.

L'agresseur venait d'être identifié grâce à son scooter jaune et à un casier judiciaire déjà étoffé. Un héroïnomane qui se fournissait en médicaments, dealer à l'occasion, auteur de violences depuis son adolescence, condamné, relâché, récidiviste, un cas idéal.

Son nom complet n'était pas encore fourni par la presse, uniquement ses initiales, pour préserver on ne savait quoi, N.A., l'unique mis en cause pour le moment. La présence d'une femme avait été signalée, raison pour laquelle Clément Astor avait immédiatement pensé à Iris Bila, accessoirement à son frère Blaise.

Les enquêteurs étudiaient l'entourage de ce garçon. Quelques filles pas trop recommandables seraient vite repérées et interpellées. Et cet abruti qui prétendait être tombé sur une inconnue aussi malhonnête que lui, en plein braquage, la seule vraie coupable, selon lui, alors que tout l'accablait, y compris des médicaments et une partie de la somme dérobée retrouvés chez lui, sauf l'arme, introuvable. Les seules armes à son domicile, des jouets en plastique pour amuser un neveu, disait-il.

Qui allait accorder du crédit à une défense aussi fantaisiste, trop visiblement destinée à le dédouaner du tir quasi mortel ? Le type rejetait la responsabilité sur celle qu'il présentait comme une folle avec laquelle il n'avait rien à voir. Un aplomb pareil, personne ne l'imaginerait. L'art de s'enfoncer en invoquant de faux hasards miraculeux.

Ces idioties leur avaient fait le plus grand bien, à eux, les Astor et Maria Bila. S'ils avaient été effleurés par le doute, effrayés à l'idée que leur sœur et leur frère soient descendus si bas, leurs inquiétudes avaient été balayées en une seconde par l'annonce de l'arrestation de N.A., dans la banlieue d'Amiens. Leur satisfaction serait à son comble, quand sa complice serait désignée dans la liste de ses connaissances, une affaire de quelques jours, aucun doute.

Ils étaient prêts à renoncer à des soupçons anciens. Les petits braquages régionaux les plus récents, aux conséquences moins lourdes, seraient probablement attribués à ce suspect principal ou à d'autres de sa bande.

Clément était pressé de passer à autre chose et disposé à négliger les indices précédents signalés par la presse, cette voiture blanche aperçue à plusieurs reprises, encore une coïncidence extravagante, oublions.

Il n'était pas si fréquent de se réjouir en famille, c'était aujourd'hui ou jamais. Il n'aurait pas cru assister à un tel bouleversement ni être capable de réviser si vite son point de vue, encore moins retrouver son frère totalement blanchi, et Iris aussi. L'impression de les voir relever d'une longue maladie.

Leur apparence confirmait cette dernière image. Les familles n'avaient pas d'autre idée que de les accompagner dans leur convalescence, si les deux le souhaitaient, et ils le souhaitaient, inévitablement ?

Comment ? Une si grande nouvelle, et ils ne trouvaient rien à ajouter, tous les deux, Iris, Blaise ? Apprendre que des sœurs et un frère n'étaient pas loin de les accuser d'un meurtre le vendredi matin et célébraient leur innocence le vendredi soir, ils auraient dû manifester de la joie, on l'aurait acceptée exubérante, et pas un mot, pas l'esquisse d'un sourire de satisfaction.

Ils devaient être au plus mal. Des innocents dans un état aussi alarmant inspiraient une pitié inédite dans la famille. Comme les Astor regrettaient de ne pas s'être préoccupés d'eux plus tôt.

Ils n'avaient que de bonnes intentions, Maria Bila aussi, cela se fêtait, comme l'innocence retrouvée. Mangeons un morceau, ouvrons du champagne.

Rien à avaler dans ce trou à rats, naturellement, et pas une auberge digne de ce nom dans un périmètre accessible. Il restait une épicerie en haut du village, jamais braquée, une preuve supplémentaire.

Preuve de quoi ? N'insistons pas trop sur le sujet.

Clément Astor se chargerait des courses. Si on ne s'attendait pas à trouver des produits de qualité, on improviserait avec le peu disponible. Iris et Blaise ne trouvaient toujours rien à dire ?

Ils n'avaient pas le droit de manifester un désaccord, puisqu'on s'occupait de tout, dans leur intérêt.

Blaise Astor n'avait jamais vu son frère et sa sœur aussi enthousiastes devant lui. Maria Bila restait en retrait, suivait.

Dépêchons, avant la fermeture des rares commerces du coin.

Dans la demi-heure, Clément Astor n'avait réussi à se procurer que des fromages sous cellophane et un carton de champagne pas trop prestigieux. Pas certain que ces produits aillent très bien ensemble, une confusion de goûts et d'arômes en perspective, n'en demandons pas trop.

Clément Astor ne reculait devant aucune contradiction. Rien n'allait très bien ensemble sous ce toit.

Astrid Astor remuait des ustensiles de cuisine pour couvrir la voix de son frère. À force d'en dire trop, il ne se retiendrait pas de balancer une remarque vexante.

Disposons du mieux que nous pourrons ces fromages à pâte molle, à croûte lavée, naturelle ou fleurie, ces pâtes pressées, cuites ou pas cuites, ces bleus à pâte persillée, comme sur un plateau, et faisons cercle autour de lui, pour marquer notre réconciliation.

Avant cela, procurons-nous des flûtes ou des coupes à champagne. Dans une vieille bâtisse de ce style, il devait bien s'en cacher quelques-unes, ébréchées ou pas, ne faisons pas la fine bouche. Qu'est-ce qu'on disait ? Encrassées, presque rien.

Enfin, n'oublions pas les couteaux. À bout rond, c'était plus adapté. Pour du fromage.

Un festin s'improvisait, dispensait les convives de tout autre échange.

Après avoir trinqué une première fois, puis une deuxième, ils étaient bien obligés de reprendre la discussion. Où en étions-nous restés ?

Ah oui, la facture des braquages supposés étant apurée, les accusations levées, il était indispensable de repartir du bon pied. Repartir du bon pied signifiait ne pas s'enfoncer davantage dans une situation sans avenir.

Maria Bila sentait que la situation sans avenir était une formulation trop abrupte. Disons simplement que la situation révélait les fragilités de chacun, celles de sa sœur Iris, qu'elle reconnaissait, renforcées par des excès de longue date qui la mettaient si souvent dans la dépendance de… de quoi ?

Elle partait de travers, elle aussi. Trinquons plutôt une troisième fois, à moins que ce ne soit la cinquième.

Finalement, ces fromages ne s'en sortaient pas si mal avec du champagne. On n'aurait pas cru. Mastiquons longuement cette mimolette et arrosons-la de bulles pas trop fines.

Faisons l'effort de nous accorder, n'accusons personne, puisque les erreurs appartenaient au passé. Astrid Astor soignait son rôle de modératrice et remplissait les verres. On buvait et rebuvait, parce qu'on ne savait pas trop quoi se dire. Iris et Blaise faisaient si peu d'efforts pour relancer la conversation. Cela ne cachait rien de négatif, au moins ?

Iris s'est manifestée pour la première fois de la soirée, à la troisième bouteille, pour se moquer des bonnes pensées en général, que tout le monde se croyait obligé d'exprimer. Jusque-là, rien à redire.

Elle trouvait amusant que des gens se soient emballés pour leur mettre sur le dos tous les crimes de la région et s'emballent à présent pour les laver de tout soupçon.

Comme c'était gentil. Elle n'avait rien d'autre à dire. Buvons.

Blaise Astor a enchaîné, il confirmait, ils n'avaient pas tout fait, mais ils n'avaient pas rien fait non plus. Ils n'avaient aucune envie de s'innocenter à tout prix, uniquement pour leur faire plaisir.

Astrid Astor lui a reproché d'en rajouter, un provocateur-né, qui essayait toujours, enfant, de s'accuser de bêtises qu'il était incapable de commettre, pour intéresser ses parents.

À dix ans, déjà, il avait revendiqué un vol dans son école. La maîtresse consultée n'avait jamais confirmé ce qu'elle avait appelé ses affabulations. Astrid était prête à parier qu'il tentait de s'approprier les vols de la région pour les scandaliser, le seul moyen d'attirer leur attention sur lui.

Maria Bila trouvait que cela faisait une brèche intéressante où s'engouffrer : l'aveu de la famille Astor était parlant. Un vol imaginaire du petit frère à dix ans, c'était cohérent avec des vols réels aujourd'hui, une simple préfiguration, un accomplissement. Tout était dit. Braquer un commerce, comme elle le pensait depuis le début, l'initiative n'en revenait certainement pas à Iris.

Qu'est-ce que c'était que cette nouveauté dans la bouche de Maria ? Clément Astor n'allait pas la laisser passer comme ça. Mme Bila ne mettait-elle pas de côté ses grandes théories psychiatriques, quand ça l'arrangeait ?

Sa sœur Iris serait sans doute intéressée d'apprendre ce que Maria avait laissé entendre aux Astor, à plusieurs reprises, au cours d'entretiens en visio qu'ils n'avaient pas le droit de lui cacher. Iris ne la connaissait pas, cette sublime théorie sur leur compte ? Elle prenait tout simplement sa sœur pour une folle accrochée à un fou. À eux deux, ils formaient une paire maudite. Comment disait-elle, notre experte ? Un cas de folie à deux : un phénomène de cristallisation, comme elle disait encore, tous les deux dingues au même degré.

Or, après quelques verres de champagne, on avait l'impression que la thèse de la folie à deux en prenait un coup, dans le discours de Mme Bila. À l'entendre, il n'y avait plus qu'un fou, qu'un voleur, un méchant hors catégorie, qu'il fallait charger, et une malheureuse victime qui n'y était pour rien.

Qu'est-ce qu'ils en pensaient, eux, Iris et Blaise ? Une révélation pareille, ça valait la grande nouvelle précédente. Ils découvraient qui leur disait la vérité en face et qui les enfonçait par-derrière, ça donnait à réfléchir.

Les Astor aussi, dans ces conditions, étaient prêts à revoir leurs positions, et ça pourrait faire mal.

Le quatrième bouchon de champagne, que Clément manipulait mécaniquement, lui résistait. Ce n'était peut-être pas le moment de le faire sauter ? Il lui a échappé.

Iris et Blaise encaissaient, ils ne pouvaient pas rester sans réagir. Ils n'avaient qu'une envie, les faire taire, tous. Leurs voix montaient, se croisaient, sur un rythme monotone, à peine audible.

Ils étaient touchés par cette folie qu'on leur balançait à la figure, plus que par tout le reste. Mais pas touchés comme Clément le croyait. Ils n'étaient pas blessés. Du moment que c'était à deux.

Oui, ils vivaient à contretemps, en parallèle, et alors ? Se mettre hors de la horde, rien d'autre ne les avait plus et mieux rapprochés. C'était de la folie, ça ?

Les sains d'esprit, il n'en restait pas des masses.

Le monde en plein dérangement, ça sautait aux yeux, oui, les attaques religieuses, guerrières, pour des bouts de territoire, des bouts d'idéologie, des bouts de croyance, les délires complotistes, le paranormal à tous les étages, les pandémies passées et futures, les grêles en pays sec, les canicules sur les glaciers, les tornades en pays tempéré, oui, oui, la dinguerie partout. Et on se creusait les méninges pour un tout petit cas de folie à deux ? Folie à deux milliards, oui, apprenez à compter.

Et, au bout du compte, il ne restait qu'eux, eux seuls, Iris et Blaise, pour échapper au dérèglement général.

Les petits braquages, puisque tout était parti de là, c'était un signe de maladie ? Qui irait croire ça ? Leurs vols, ils les revendiquaient, des vols minuscules à côté des vols à grande échelle auxquels tout le monde participait, à commencer par eux, les Astor et Maria, dans leurs entreprises. Qu'ils osent le nier.

S'ils les dénonçaient, ils les dénonceraient aussi. Alors qu'on laisse tranquilles des voleurs infimes et qu'on leur foute la paix avec leur folie infinitésimale. Ah oui, ils l'aimaient, leur délire microbe à deux, si on tenait à leur coller des mots sur la peau.

Délire microbe, délire microbe, ils semblaient fiers de leur trouvaille, ne la lâchaient pas. S'ils voulaient donner des preuves de leur état, ils faisaient tout ce qu'il fallait.

Les frère et sœurs étaient estomaqués : des élucubrations dont ils n'auraient pas cru capables Iris ni Blaise, des élucubrations folles, alcooliques aussi, pour leur trouver des excuses.

Face à Iris et Blaise, qui semblaient s'absenter et ne rien vouloir entendre, les autres étaient dispensés de toute retenue. Ils avaient le droit eux aussi d'échanger des impressions nauséabondes, renforcées par l'ouverture laborieuse du cinquième champagne.

Typique de la maladie mentale, estimait Maria Bila, qui ne reniait rien de sa thèse initiale, contrairement à ce qu'avait prétendu Clément Astor. Pas besoin d'être un expert pour l'observer : les plus dingues, c'était ceux qui se trouvaient les seuls à être sains d'esprit à côté de tous les autres accusés de folie collective. Eux les survivants du cataclysme cérébral en marche sur toute la planète. Eux les seuls voleurs honnêtes à côté de tous les pillards du monde.

Clément Astor, pour une fois, allait approuver Maria Bila sur toute la ligne. Avec un verre en plus, il s'apprêtait à dire qu'elle était vraiment forte, cette femme.

Il s'est repris à temps. Elle lui reprochait cinq minutes plus tôt de ne pas être capable d'exprimer une position claire. C'était ce qu'on allait voir.

Il a avalé une nouvelle coupe de champagne, sans reprendre sa respiration. Il demandait à être écouté, c'était l'expert qui parlait, le professionnel.

Pour lui, c'était très clair. Dans cette histoire, comme pour la composition du verre, il fallait tenir compte de la proportion des ingrédients.

Blaise, c'était la chaux, une part nécessaire, mais mineure.

Le plus important en quantité, c'était la silice. Et pour la silice, il ne voyait qu'Iris. Il était évident que, dans le mélange, elle l'emportait largement.

Maria Bila cherchait à en faire la victime, elle était plutôt la dominatrice, la plus intelligente, la conceptrice, alors que Blaise, lui, ne s'était illustré à aucun moment de sa vie par son brio intellectuel, n'avait jamais élaboré un projet consistant.

Les deux s'étaient amalgamés au petit bonheur, la qualité du produit fini s'en ressentait, parole d'artisan. Mais Blaise n'y était pas pour grand-chose, son petit pourcentage de chaux, ne cherchons pas plus loin.

Iris et Blaise avaient tenu à revendiquer des braquages ? Oui, mais les témoignages étaient formels : seule la présence d'une femme avait attiré l'attention des témoins. Proportion maximale.

S'il fallait en passer par la dénonciation, qu'elle se dénonce, elle, la perverse à poil qui avait dévergondé un pauvre garçon, et qu'on laisse tranquille la famille Astor.

Il allait trop loin. Astrid ne le contrôlait pas. Maria Bila ne voulait pas laisser passer des accusations de cette portée. Les métaphores professionnelles vaseuses de M. Astor ne l'impressionnaient pas. Calculer une proportion, elle savait faire aussi bien que lui, probablement mieux.

Si quelqu'un était sous une mauvaise influence, ce n'était pas forcément celui qu'on pensait. Elle aussi connaissait bien sa sœur, elle l'avait vue trop souvent à l'œuvre. Une fille qui tombait dans tous les pièges. Les hommes la flairaient à la première seconde et se dépêchaient de se l'approprier, avant de se débarrasser d'elle, après l'avoir vidée de son sang.

Elle craignait que Blaise ne soit un de ceux-là, qui la pousserait encore plus loin que les autres, si on le laissait faire. Le dernier coupable, à la fin, ce serait lui, qu'il en soit conscient ou non.

Jusqu'ici elle avait tenu au partage des responsabilités, son cinquante-cinquante, c'était bien fini. Des proportions à tout prix ? D'accord, mais inversées.

Les Astor n'avaient pas l'intention de se laisser embobiner par Maria et ses faux calculs. Qu'elle ne se fasse aucune illusion sur sa propre domination. Ils avaient remarqué depuis le premier jour qu'elle les considérait comme les derniers des crétins. Attention, ils allaient lui montrer ce qu'ils avaient dans le ventre.

Difficile d'aller plus loin sans s'étriper, famille contre famille. La respiration leur manquait, les réponses aussi.

Astrid Astor a proposé de finir le repas, ou ce qui s'apparentait à un repas, sept fromages et la dernière bouteille de ce champagne médiocre qui avait vraiment contribué à les faire dérailler. Parce qu'on déraillait ferme, là, non ? Est-ce qu'on se rendait compte de ce qu'on disait, tous ? Des énormités, pour ne pas dire des horreurs.

N'ouvrons pas trop vite la sixième bouteille ou on allait s'entre-tuer. Revenir à la sobriété et au silence ne nuirait à personne.

Ouvrons-la, au point où on en était.

Il ne restait sur le plateau improvisé qu'un fromage à pâte persillée. Associé à une gorgée de champagne, il le dominait et le détruisait, imbuvable, le reste immangeable, la mésalliance qu'on redoutait depuis le début.

Le constat s'imposait, ils étaient incompatibles, tellement incompatibles que c'en était risible. Ils riaient de force, des quintes convulsives, c'était trop. Quand on pensait qu'on s'était présenté avec une nouvelle, une bonne nouvelle, la grande nouvelle, et qu'on voyait où on en était arrivé.

Aucun n'était en état de reprendre le volant. Ils ont cherché un recoin à l'abri du regard des autres, se sont interdit tout dialogue, pour ne pas relancer de dispute.

Les trois invités, aux premières heures, n'ont pas compris, en voyant la lumière grise du matin dégouliner du toit, comment Iris et Blaise avaient pu s'éclipser sans être entendus. Leur voiture blanche n'avait pas bougé, coincée par les deux autres, ils n'en avaient pas moins disparu, invisibles sur les hauteurs de la falaise, invisibles sur la plage et dans la mer, invisibles dans l'axe de la valleuse, aussi loin que le regard portait.

Si chaque noyau familial avait eu le projet de repartir, de gré ou de force, avec son frère ou sa sœur, c'était compromis.

Ils ont décidé d'attendre leur retour, pour tenter de les raisonner une dernière fois. Les deux n'avaient pas resurgi à midi, pas davantage à quatre heures. Les Astor et Maria Bila se voyaient prisonniers de ce taudis, cherchaient à se rappeler ce qu'ils avaient dit de si horrible pour se retrouver dans une situation pareille, n'y parvenaient pas.

Le trou noir, tous. En creusant, des histoires de sable, de chaux remontaient à la surface. Clément n'avait pas pu se retenir de faire sa pub pour son verre de qualité supérieure ou quoi ? Des calculs mathématiques également, on se demandait bien pour quelle démonstration. Maria avait cru repasser un oral de Polytechnique ou quoi ? Mieux valait ne pas approfondir.

Ils ont tenu jusqu'au coucher du soleil sur la Manche, se sont surpris à le trouver beau, bêtement beau, tout en s'obligeant à chasser les conséquences d'une telle remarque : Iris et Blaise avaient de la chance de pouvoir y assister tous les soirs. Non, surtout pas ça.

Ils ont renoncé à les attendre. La perspective d'une nuit supplémentaire dans ce trou, non, surtout pas ça.

Ils ont débarrassé les croûtes de fromage et les cadavres de champagne.

Maria Bila a déposé un billet de cent euros sur la table ; l'a repris ; mauvais goût ; l'a remis, coincé sous une coupe.

Un billet aurait le pouvoir d'éloigner la tentation d'un nouveau braquage, si les innocents ne l'étaient pas autant qu'on l'avait espéré ?

Iris Bila et Blaise Astor se sont délectés du départ de leurs fratries, du haut de la falaise aval. À plat ventre, en embuscade, tout au bord, ils se demandaient combien de temps ils tiendraient à attendre leur retour, ces fous, à s'exciter sur leurs smartphones en zone blanche. Le surplomb leur donnait la jouissance d'une modeste supériorité, celle qui ne leur avait jamais été accordée.

Si les trois autres comptaient sur leur soumission, ils perdraient leur week-end. Tenez bon, mais pas trop longtemps. Sortez, entrez, appelez dans le vide et décidez-vous.

Les deux voitures ont fini par s'engager dans la valleuse, au terme de manœuvres douloureuses, dans une remontée prudente et ralentie, digne d'un convoi mortuaire. Condoléances et adieu.

Iris et Blaise ont repris possession de leur espace, comme vidés.

Le billet écrasé sous le pied du verre les a dégoûtés.

Un seul billet ; il était clair que les deux familles n'avaient pas partagé les frais. Ils méritaient qu'on le déchire, leur billet, et qu'on le jette à la mer en confettis. Ils l'ont gardé, une petite lâcheté supplémentaire. Ils le dépenseraient utilement, pour la racheter. Leur honnêteté ne valait pas cher, il fallait s'y faire.

Les gêneurs ne se représenteraient pas de sitôt, s'ils avaient un semblant de fierté, eux aussi. La manière dont ils avaient été congédiés, ils ne s'en relèveraient pas.

Et le risque de dénonciation de l'un ou de l'autre, ou des deux, pour se venger, cette menace plus qu'implicite, Iris et Blaise n'avaient pas envie d'en parler, des délires de famille. Blaise s'est contenté d'émettre l'hypothèse qu'ils n'en auraient pas le courage, trop peur d'être mouillés, les Astor autant que la Bila.

Ils se forçaient à afficher une tranquillité factice, comportement nouveau entre eux, la première gêne.

Il leur arrivait de repartir sur les routes, pour évaluer, sans conviction, les facilités promises par un commerce bien situé, la personnalité des commerçants.

Iris s'est dispensée de ces inspections qu'elle disait de routine. Si elle accompagnait Blaise, c'était pour consulter des sites d'information, taper le mot « pharmacienne » ou le nom de Mme Collet. La malheureuse restait dans un état végétatif.

Blaise disait que sa sortie du coma ne changerait rien à l'affaire. Sa mémoire serait abîmée, sa confusion mentale n'aiderait pas les enquêteurs. On pouvait parier, après un tel choc et un endormissement si durable, sur un trou noir.

L'histoire de la pharmacienne n'occupait plus guère les sites, cela devait inciter au retour de la nonchalance. Rien ne conduirait les enquêteurs jusqu'à Iris. La voiture blanche ne semblait avoir été signalée par aucun témoin ni repérée par une caméra de surveillance.

De temps en temps, pourtant, le nom de N.A. refaisait une apparition sur les sites.

Son portrait était complété de proche en proche, toujours à son désavantage. Il était connu dans la banlieue d'Amiens, mais aussi, précédemment, en région parisienne.

Livreur de colis, il avait été licencié pour avoir prélevé sa part, non négligeable, à plusieurs reprises, dans des quartiers du centre parisien, Saint-Michel, le Luxembourg, le Panthéon, les Gobelins.

Son entourage avait été inquiété, puis mis hors de cause. Aucune fille ou femme n'avait été déclarée sa complice. L'existence d'un second protagoniste était cependant confirmée, bien que N.A. persiste à déclarer, en dépit de son passif judiciaire, qu'il n'avait rien à voir avec la vraie voleuse et tireuse, qui occupait les lieux avant lui.

Il s'était trouvé passer par hasard devant cette pharmacie, avait eu l'idée de s'y arrêter pour acheter du paracétamol. Des migraines fréquentes, il pouvait présenter des certificats médicaux en pagaille. Des explications grossières, naïves, et qui ne tenaient pas debout, pour les enquêteurs et la justice.

Amusant, Blaise et Iris avaient pensé fournir des justifications identiques, presque mot pour mot, si les autorités étaient remontées jusqu'à eux. Une chance qu'ils n'aient pas eu à se ridiculiser comme ce N.A.

L'enquête en cours les dissuadait de mettre trop vite sur pied un projet de braquage. Tenter un coup dans la région reviendrait à donner du crédit à la défense de N.A., surtout si un témoin relevait la présence d'une femme. Iris n'avait plus le droit de se montrer. Blaise ne se voyait pas agir seul.

Il s'efforçait de faire durer le billet de cent euros, pour retarder le moment où il faudrait reprendre l'initiative. Cent euros rongés doucement, c'était misère et mesquin. Obligés de reconnaître qu'ils n'étaient jamais sortis de la catégorie des gagne-petit. Les commerces de campagne, oublions, d'abord pour ne pas innocenter un tiers authentiquement criminel, ensuite pour changer de registre, mettre sur pied un autre type de projet commun.

Qu'est-ce que ça signifiait, un autre type de projet commun ? Un trou vertigineux s'ouvrait devant eux. Inaccessible, trop dur pour eux. Ils verraient plus tard. Ils comptaient leur monnaie, trente-cinq, vingt, quinze.

La saison se dégradait, des pluies continuelles, des coups de vent succédaient aux coups de vent.

Une fois, tempête nocturne, grosse marée, les galets se sont retirés de la plage : le plus beau hold-up de l'année. Iris et Blaise avaient des leçons à prendre de la nature.

Une nouvelle marée à fort coefficient a restitué une partie des pierres ou d'autres transportées d'ailleurs. La nature avait une forme d'honnêteté, on ne savait pas quoi penser.

Pas loin de cinq heures du matin, la soufflerie encore en marche, les galets n'arrêtaient pas de rouler sur la terrasse, flux et reflux, brassés, expulsés, rapatriés. Ils résistaient, certains foutaient le camp, des vagues claquaient sur le ciment, menaçaient le bâtiment, hésitaient sur le seuil, politesse, impolitesse, on ne serait jamais tranquille.

La marée se retirait, après avoir fait le vide, le sommeil pouvait revenir.

Pas le temps de s'y enfoncer bien loin, cela s'est produit à contretemps, alors que le vent donnait l'impression de faiblir : un fracas au-dessus de leur tête.

Sur le vieux sommier à ressorts et à bandes grises, Iris Bila et Blaise Astor se sont sentis expédiés en l'air, comme aspirés, quelques millièmes de secondes de flottement, peut-être à dix centimètres de haut, comme en lévitation, avant de s'affaisser lourdement et de rebondir encore une fois, leur descente accompagnée d'une déflagration et d'une cascade de grains, de grains, jusqu'au silence.

Le vent, persistant en arrière-fond, leur était inaudible, l'espace cotonneux les étouffait, l'oxygène manquait, la mort à deux doigts. Ils se sont tâtés l'un l'autre, corps mouvant, vivant ?

Rien n'était tombé sur eux, sauf cette aspiration, cet effet de vases communicants. Ils ont eu besoin de temps pour se lever, trouver leur équilibre, quitter la pièce pas à pas, en s'assurant qu'aucune fissure n'allait déverser le reste de la maison sur leur tête.

Le mal était fait, une des deux cheminées placées à chaque extrémité de la bâtisse s'était effondrée. Fragilisée par les infiltrations, les tempêtes successives, elle avait été prise par la plus modeste des rafales, le coup de vent de trop, tournant. Elle avait traversé la charpente privée de ses ardoises, embarquant une bâche bleue, enfonçant le plancher de l'étage sans le transpercer complètement.

La terreur prenait une couleur miraculeuse, l'esquisse d'un bonheur, à l'instant où tout s'effondrait autour d'eux. Ne crachons pas dessus.

Ils se sont serrés, comme ils ne le faisaient plus depuis pas mal de jours, cette chaleur, cette ossature, cette musculature, ils s'y imbriquaient, un seul corps à deux, oui, un miracle.

La mer et le vent retirés, ils ont entamé l'inventaire des dégradations, sans l'angoisse des sinistrés. Une fois qu'ils auraient vérifié qu'aucun plafond ne pendait au-dessus de leur tête, ils se moquaient bien de l'ampleur des dégâts. Aucune intention d'engager des réparations, surtout pas à leurs frais. Aucune assurance à solliciter, quel bonheur, le secours d'aucune administration à attendre.

Les propriétaires ? Il serait correct de les prévenir ? Mais quarante propriétaires, et quarante qui s'en foutaient autant les uns que les autres. Des dégradations supplémentaires dans un champ de ruines, personne ne serait capable de les identifier. Elles les arrangeraient au contraire, des coûts de démolition en moins, le jour où ils seraient obligés de s'y mettre. Une joie inattendue, le pire sinistre qui leur tombait dessus. Tout bénéfice, le malheur, ils l'attendaient tous avec impatience, pas la peine d'en douter.

Évidemment, soyons raisonnables une seconde : si on laissait de côté le simple soulagement devenu abusivement un bonheur suprême, on était en droit de craindre que les murs porteurs n'aient été secoués par l'effondrement d'une cheminée en briques et ne s'écroulent sur eux dans les heures ou les jours à venir. Leur prison était menacée, cela donnait à réfléchir.

Ce qui donnait davantage à réfléchir était l'existence de la seconde cheminée. Plus haute que la première, plus volumineuse, elle se dressait de leur côté, à peine décalée vers le nord, en plein milieu de l'aile qu'ils occupaient.

Deux cheminées coup sur coup, cela aurait fait beaucoup. Ils avaient les règles statistiques de leur côté. Mais deux cheminées dans un état voisin, usées par des décennies de vent, sans entretien régulier, toutes les craintes étaient permises. Soyons responsables pour une fois, et prévoyants.

Blaise a enjambé les trous de l'escalier, atteint le deuxième niveau. Une porte encore solide donnait sur des combles où subsistait une tabatière, entourée d'ardoises moussues et clairsemées. Un tabouret de piano instable lui a permis de s'engager dans l'ouverture pour atteindre le pied de la cheminée.

Expertisons les premières fissures visibles à l'œil nu, sans être trop larges, grattons ce ciment friable, évaluons la fragilité des briques ; la plupart solidement soudées. Aucune infiltration manifeste, une bonne vieille cheminée robuste. Il la prenait dans ses bras, la secouait, pour éprouver sa résistance jusqu'à la prochaine tempête.

Il s'est tourné vers le large, le souffle suspendu, un point de vue inédit depuis la maison. Elle était vraiment perchée haut, cette cheminée, un truc idiot à dire, digne d'un expert. Une sensation vertigineuse l'a agrippé quelques secondes, surtout au moment où il a repéré quelqu'un sur la terrasse, qui l'observait.

Pas quelqu'un, Iris Bila, surprise de le voir évoluer là-haut. Qu'est-ce qu'il cherchait ? Et pourquoi s'accrocher comme ça à cette cheminée ? Il jouait à quoi ? Il le faisait exprès ou quoi ?

Comment ça, jouer ? Comment ça, exprès ? Oui, une allusion.

Non, pas d'allusion. L'incompréhension entre eux, c'était nouveau.

Et maintenant ? La cheminée se torsadait sous ses yeux, la maison gigantesque partait en vrille, la tête lui tournait, le retour du malaise.

Il s'est ressaisi, une aspiration, les yeux fermés, pour faire passer l'étourdissement. Là, c'était mieux, il revenait à lui, cherchait les yeux d'Iris, tout en bas, comme un soutien rassurant.

Le regard qu'elle lui a renvoyé était différent, étranger, pas loin de le défier. Il sentait venir un basculement, obligé d'assurer sa position, pour ne pas glisser jusqu'à la tabatière, ou au-delà.

Il était traversé de ce qu'il ressentait comme de nouvelles mauvaises pensées, des pensées gênantes surtout, pas trop claires d'abord. Elles se mettaient en place, là-haut, et ce n'était pas agréable.

Des frissons lui secouaient les épaules, un bon moyen de chasser le flux d'images envahissantes et de reprendre de l'assurance pour amorcer la descente. Se contorsionner pour s'engager dans une lucarne trop étroite occupait l'esprit, ne pensons à rien d'autre.

Le soulagement en bas, un enthousiasme forcé pour prendre Iris dans ses bras : dormir à la place habituelle ne présentait aucun danger. La partie nord de la construction était en meilleur état que l'autre aile, la cheminée avait été préservée, parce qu'elle avait dû servir davantage, donc être l'objet d'un entretien régulier jusqu'à une certaine époque. Soyons pleinement rassurés.

C'était tout ?

Rien d'autre pour le moment.

Pour repousser le retour des pensées dérangeantes, Blaise a inspecté les galets, pas subtilisés par la marée, cette fois. Au contraire, ils s'étaient accumulés dans un angle de la terrasse, sur la droite, une invasion formant un tas à éliminer, comme le ferait n'importe quel propriétaire consciencieux. Éliminons tout ce qui nous pèse.

C'est revenu. À mesure que le faux manoir de la plage se démolissait et que la terrasse était nettoyée de ses galets, une construction se mettait en place dans la tête de Blaise Astor, de plus en plus affermie.

Ils avaient joui de ce principe, à leur commencement : se dire tout ce qui leur passait par la tête, surtout ce qui ne devait pas se dire. Aller contre les règles de l'usage, un bon petit bonheur. Plus c'était antisocial, plus ça brûlait la peau, mieux on en profitait.

Ce n'était plus ce qu'Iris attendait, il le sentait, un retrait progressif. Il ne l'avait pas perçu tout de suite, ce retrait, il s'éclairait brutalement dans l'enchaînement des circonstances qu'il voyait défiler sous ses yeux : franchement, cette coïncidence incroyable, l'irruption, à quelques secondes près, dans la pharmacie, d'un braqueur et d'une braqueuse étrangers l'un à l'autre, personne n'y aurait cru et personne n'y avait cru. Et personne n'imaginerait se retrouver dans une telle situation. Coïncidence forcée.

Il reconstituait le cheminement. Iris Bila avait infléchi seule le mode opératoire habituel.

Ils avaient institué cette égalité entre eux, conforme à leur esprit : alterner les rôles, une fois l'un à la manœuvre, l'autre en attente, prêt à démarrer, l'inverse la fois suivante.

La règle avait déjà été détournée au pressing, Blaise s'attendait à la voir rétablie à la pharmacie. C'était son tour. Au dernier moment, Iris lui avait imposé de reprendre la main, sous prétexte de se racheter, après l'échec du pressing.

Blaise revoyait clairement les changements dans les préparatifs. C'était l'époque où il n'était pas au mieux, il était obligé de reconnaître ses responsabilités : elle en avait profité pour multiplier les repérages en solitaire. Tout aussi inhabituel par rapport à leurs pratiques égalitaires.

Était-il permis d'imaginer qu'Iris aurait pu croiser un nouveau venu sur les routes de Normandie ou de Picardie ?

Mieux que le croiser, et pas un nouveau venu : elle aurait pu retrouver quelqu'un qu'elle avait déjà croisé, qu'elle connaissait d'avant, oui, d'avant. Ce N.A., originaire d'Amiens, avait sévi auparavant, comme il était écrit sur tous les sites d'information, en région parisienne, à Paris intra-muros, comme livreur de colis, détournant ceux qu'il jugeait avantageux pour les revendre et se fournir en produits stupéfiants.

Blaise Astor ne savait pas comment la rencontre initiale s'était produite, mais l'image prenait forme. Iris aussi recherchait certains produits. Elle s'était fait livrer un ou plusieurs colis dans sa chambre sous le toit de la rue Soufflot.

Les noms de quartiers où N.A. exerçait avant d'être viré remontaient à la surface, comme il en avait lu la liste sur un site, les Gobelins, Saint-Michel, et puis le Luxembourg, enfin le Panthéon.

Le Panthéon, on y était en plein. Iris serait tombée une fois, deux fois sur ce livreur ; échange, reconnaissance, début de dialogue, attirance. Elle n'allait pas bien déjà, sa sœur Maria ne lui reprochait-elle pas de se laisser embarquer par n'importe quel type qui passait ?

Celui-là avait l'air d'un profiteur de tout et de tout le monde. Blaise visualisait la scène, un rendez-vous dans le quartier du Panthéon, un verre, de quoi se détendre, des produits de bonne qualité. Rejoignons la chambre, un beau quartier, ça changeait. La suite s'imposait toute seule, bières, alcools, shit, héro peut-être, la spécialité de l'autre, s'il fallait en croire les articles, et puis sexe, comme ce n'était écrit nulle part.

Ce que Maria Bila était prête à mettre sur le dos de Blaise, domination, pouvoir, emprise, tout ce qu'il niait, il le voyait très bien se mettre en place entre Iris et ce N.A. Il la manipulait en devenant son fournisseur, je te donne, je te donne pas, tu donnes. Il l'avait entraînée dans ses braquages, c'était certain. Des pharmacies, pour les médocs, un spécialiste.

Une autre image remontait : rue Soufflot, quartier du Panthéon, une pharmacie, une cible forcément. Pas original, une pharmacie dans n'importe quelle rue parisienne ? Sans doute, mais c'était là qu'elle s'était fait la main. Plus douée que Blaise, quand ils s'étaient lancés dans leurs premières opérations, une experte à sa manière. Tout s'expliquait. Une pratique éprouvée.

N.A. était associé à Iris depuis longtemps. Le jour du toit, rue Soufflot, ce jour où ça avait mal tourné, il ne devait pas être loin. Plusieurs vidéos l'avaient suggéré. Elles défilaient dans la mémoire de Blaise, enfin nettes, plus que sur n'importe quel écran, une surtout.

La fenêtre de la chambre d'Iris refermée derrière elle, cette ombre incertaine qu'elle fixait à travers la vitre, ces yeux traqués en arrière-plan par la seule femme vidéaste présente : des yeux qui poussaient la marcheuse de plus en plus loin sur le toit.

Il faudrait revoir ces plans sous un autre angle. On y verrait à coup sûr cette ordure de N.A. torturant Iris Bila à distance.

Elle s'en était sortie malgré lui, avait préféré s'échapper avec un autre. Cet autre, c'était lui, Blaise, la seule bonne chose qui lui soit arrivée alors, une rencontre miraculeuse pour se défaire d'un empoisonneur de vie.

Les empoisonneurs de vie, une fois qu'ils s'étaient infiltrés, imprégnaient tout, y compris quand on croyait s'être débarrassé d'eux. Blaise percevait rétrospectivement, dans l'attitude d'Iris, sa perte de confiance en lui, après l'épisode raté du pressing.

Et, comme il avait faibli alors, n'y croyait plus autant, accumulait les malaises d'un enfant fragile, refusait d'accompagner Iris dans ses explorations, elle avait renoué avec ce N.A., plus expérimenté que lui pour les sales coups, plus endurant.

Effacé le trou noir qui n'avait jamais été un trou noir, oubliés les mauvais traitements de la rue Soufflot, sous l'effet d'on ne savait quoi. Renoué, renoué, ils avaient renoué, ces deux-là, dans son dos, il ne voyait rien d'autre.

Elle avait proposé à N.A. l'attaque coordonnée de la pharmacie.

N'avait-elle pas proposé à Blaise de le dispenser de l'opération ? Oui, l'image remontait, elle voulait y aller seule. Il avait insisté pour être présent, comme d'habitude. Elle n'avait pas pu l'empêcher de l'accompagner, mais l'avait bien caché dans son coin, pour faire son coup tranquillement, avec son complice. Ces deux-là s'étaient réparti les rôles, partageraient le butin, efficace et rentable pour tout le monde.

C'était là que ça avait dégénéré. La résistance de la pharmacienne, la brutalité excessive de N.A. Pas un pistolet en plastique, lui. D'ailleurs, il n'avait nulle part été question d'un pistolet en plastique. Le jouet piqué au Monoprix, de la blague, un revolver authentique, oui, l'arme du crime, à la fin ?

Si, il avait été question, dans un article, de pistolets en plastique, des jouets du neveu. Une preuve supplémentaire : un jouet du neveu était passé entre les mains d'Iris avant de revenir à son propriétaire. Imparable, la liaison était établie, rien à redire.

Quoi qu'il en soit, le braquage, malgré la présence du grand expert, avait mal tourné. Mme Collet abattue, il n'était plus question de partage. Chacun son camp, le profiteur redevenait le profiteur, Iris éjectée, comme sur le toit de la rue Soufflot, avec une récompense réduite. Tout se répétait inévitablement.

Et Blaise qui avait cru la sortir de son trou noir, échec total. Il n'avait pas su empêcher la récidive. Comme il s'en voulait.

Les galets avaient presque tous retrouvé la plage. Blaise lançait les derniers de plus en plus fort. Pas un jeu de gamin au bord de la mer, ni un simple travail de nettoyage, il y mettait une colère toute neuve.

Il aurait aimé éprouver la satisfaction du travail bien fait, attirer l'attention d'Iris sur le résultat, recevoir ses félicitations. Cela aurait cassé le cycle des sales pensées. Où elle s'était fourrée, Iris ?

Il n'en pouvait plus de cette construction mentale en mouvement, obsédante, la force de l'évidence s'imposait, il n'y échapperait pas, la rage.

Iris a proposé à Blaise de remonter la valleuse, pour finir le billet, avant la fermeture des magasins, faire les dernières provisions, si on ne tenait pas à rester l'estomac vide.

Il ne l'a pas accompagnée. Qu'elle y aille seule. Enfin, si elle s'y retrouvait seule. Elle n'a pas relevé. Les piques se sont poursuivies à son retour. Il se promettait de les contenir, un délire exagéré et idiot, comme il essayait de s'en convaincre, elles débordaient.

Iris avait fait le trajet à pied par la valleuse, une montée raide à l'aller, une descente brutale au retour, une livraison n'aurait pas été préférable ? Un livreur entraîné, elle s'y connaissait en livreurs, il l'aurait parié.

Il la voyait ranger ses courses : elle avait trouvé ce qui lui convenait ? Les derniers euros avaient suffi ? Un peu de fauche en complément, peut-être… Un nouveau jouet, pour remplacer celui qu'elle avait égaré…

Il se croyait drôle ? Pas si fréquent chez lui, et pourquoi aujourd'hui ? Et cette insistance, il ne se sentait pas bien, on dirait, le contrecoup de la trouille nocturne, sur une petite nature, Iris comprenait. S'être vu écrasé sous une cheminée pouvait tournebouler le plus sain d'esprit.

Une bonne nuit, sauf nouveau coup de vent, il récupérerait, les images s'effaceraient. Il lui a donné raison, tenu bon jusqu'au soir, plus un mot.

Allongé sur le matelas, il voyait d'autres images affluer, pas celles du basculement de la cheminée, pas leur bond sur le lit sous l'effet de l'appel d'air, non, et pas que des images, des mots surtout, qui remontaient à la surface, comme aspirés eux aussi. Facile, dans l'obscurité, de les laisser trouver leur chemin, sans élever la voix.

Iris ne la trouvait pas étrange, cette rencontre de deux phrases ?

Deux phrases ? Se rencontrer ? Aucun sens.

Si, du sens : le soir de la pharmacie, quand ils réfléchissaient au moyen de se dépêtrer, si les gendarmes remontaient jusqu'à eux, jusqu'à Iris surtout, pour lui demander les raisons de sa présence sur place dans l'après-midi, elle avait eu cette idée, plutôt naïve, pas crédible, de répondre qu'elle avait besoin de Doliprane pour des maux de tête chroniques.

Bon, et sur quel site avait-on lu que le nommé N.A. était passé par hasard devant cette pharmacie, ce qui lui avait donné l'idée de se fournir en paracétamol ? Et du paracétamol pour des migraines fréquentes, c'était l'expression, des migraines attestées par tous les certificats médicaux qu'on voudrait.

Cet argument absurde et enfantin, formulé presque mot pour mot, comme Blaise l'avait remarqué une fois, cela faisait une drôle de rencontre, il fallait le reconnaître. Il s'était dit que c'était amusant ; non, ce n'était pas amusant. Disons étrange. Disons parlant.

C'était pour lui dire ça qu'il réveillait Iris ? Elle a fait remarquer à Blaise que l'idée du Doliprane, le choix de la marque, ça venait de lui, pas du tout d'elle. Elle était formelle.

Il n'en était pas sûr, leurs idées émergeaient si souvent simultanément qu'il avait pu accompagner sa proposition, en ajoutant la marque Doliprane, alors qu'elle avait parlé de paracétamol, elle aussi, exactement comme l'autre. Encore plus parlant. Il croyait plutôt à cette hypothèse.

Quant à l'idée initiale, elle ne venait absolument pas de lui, une idée grotesque, que personne n'accepterait, qu'il n'aurait jamais formulée comme ça. D'ailleurs, les explications de N.A. étaient la risée des commentateurs sur tous les sites consultés et n'avaient aucun crédit auprès des enquêteurs.

Discuter de la paternité d'une idée, surtout d'une idée aberrante, ne menait nulle part. Le retour de cette idée à deux heures du matin était énigmatique, comme s'en inquiétait Iris Bila.

Blaise n'y tenait plus, il a tout balancé en vrac. N.A. prenait toute la place, partout à la fois. N.A. livreur dans le quartier du Panthéon, elle s'était fait le livreur, le cliché des clichés... N.A. pilleur de pharmacies à Paris, en Picardie, sur la Côte d'Albâtre, N.A. derrière Iris sur son toit, pour on savait quel jeu pervers et mortifère... Enfin N.A. rejoint sur les routes... Blaise avait eu la mauvaise idée de laisser Iris les parcourir seule, jusqu'au jour où elle avait conçu le plan foireux de la pharmacie.

Sorti miraculeusement de son cerveau, ce si beau plan ? Ou mis au point par N.A. ? Il revoyait la scène, cet après-midi de mer agitée où la tête d'un nageur en combinaison noire apparaissait, disparaissait, reparaissait, jamais à l'endroit attendu, selon les plis et replis des vagues, et masqué.

Il était certain que, sous ce masque de plongée accompagné de son tuba, ne se cachait personne d'autre que N.A. Elle venait de le quitter au bord d'une baie voisine où ils avaient préparé leur coup, où ils avaient renoué, où il s'était imposé à elle une nouvelle fois.

Les vagues se bousculaient dans la tête de Blaise. Pas loin de conclure qu'Iris en personne avait tiré sur la pharmacienne, avec son jouet qui n'en était pas un, sous la contrainte de N.A. La preuve, ce sale type accusait sa complice, pour fuir ses responsabilités, sans la nommer, parce que ça ne se faisait pas dans son milieu.

Tout se tenait si bien, il n'en revenait pas.

Est-ce qu'il s'entendait ? Des énormités : enfin, un nageur longeant la plage en combinaison noire, si elle l'avait rencontré en secret un quart d'heure plus tôt, cela n'avait aucun sens. Quel besoin de se montrer à Blaise précisément à cet instant ?

Elle prenait pour seul exemple d'absurdité l'histoire du nageur, c'était bien qu'elle reconnaissait la pertinence du reste ?

Non, c'était simplement qu'elle n'allait pas perdre son temps à contredire ce qui ne pouvait pas l'être et qu'elle ne réussirait pas à convaincre Blaise, tant qu'il serait dans cet état délirant.

Le traumatisme de la cheminée effondrée à cinq pas d'eux, elle y revenait. Elle aussi avait été secouée. Qu'il arrête de la harceler avec ce N.A., un inconnu croisé malencontreusement. Il fallait croire au hasard, elle était sincère.

Sincère, sincère, encore un mot factice. Elle n'avait jamais été sincère. Première contradiction : le jour où ils s'étaient juré de se dire tout, surtout ce qu'il ne faudrait jamais se dire, elle lui avait interdit à jamais de lui demander les raisons de sa présence à poil sur le toit de la rue Soufflot. Il délirait sur ce point ou pas ?

Le trou noir avant le toit, elle l'avait servi à tout le monde, à la police, aux médecins, à sa famille, à lui, le fameux trou noir si commode. Sincère, le trou noir ?

Il y avait mis le temps, mais il s'éclaircissait, le trou noir. Pas trop reluisant, le trou noir, occupé par la tête de N.A., il n'allait pas le lâcher comme ça, celui-là. Elle non plus ne l'avait pas lâché, c'était tout ce qui lui faisait du mal.

Iris ne pouvait pas en laisser passer davantage. Alors, c'était ça, Blaise était seulement un mec jaloux, comme n'importe quel mec de base. Et il se fabriquait un scénario à la renverse. Logique implacable ? Il rigolait ? Et ce ton de supériorité déplacé : elle s'était fait un simple livreur de colis… Ah oui ? Et chauffeur de VTC, c'était mieux que livreur dans sa hiérarchie mentale ? Transporter des gens ou des colis, franchement, elle ne voyait pas la différence.

S'il tenait à son histoire démente, elle irait dans son sens. Oui, oui, elle l'adorait, son livreur, plus efficace, plus imaginatif, plus excitant dans l'action. Il était content de l'entendre, il en voulait davantage ? Meilleur baiseur, par exemple ? Super amant, ça lui suffisait ?

C'était donc vrai ?

Il marchait, en plus. Ils en étaient là. Côte à côte, serrés comme jamais pendant des semaines et, en quelques heures, un mur entre eux.

Leurs familles avaient cru jouer aux petits psychologues, leur coller sur le dos la théorie de la folie à deux, elles étaient loin du compte : le seul dingue ici, c'était lui, et le dingue majuscule, paranoïaque de concours. Et pas plus sincère qu'elle : il ne s'était attaché à Iris que dans le but malsain de la forcer à trahir une vérité cachée, pas meilleur que les flics, les médecins, les familles, la jalousie primaire en plus. Cette obsession universelle la dégoûtait.

Le dégoût à présent ; jusqu'où étaient-ils capables d'aller ? Heureusement que personne ne les entendait.

Le rêve puéril de ne faire qu'un s'éparpillait en petits morceaux. Une plage de galets roulant par gros temps, leur épisode de vie commune. Finalement rien d'autre qu'une tentative d'aller au bout de ce que partage n'importe quel couple – joie, agacement, envie, extase, folie et, à la fin, lassitude et jalousie.

Dans les circonstances, ils s'étaient laissé entraîner plus loin que les autres, peut-être. Ils avaient dévié, de bonnes raisons de dévier. S'il tenait à ce qu'elle soit sincère, elle pouvait le lui dire. Elle s'attendait à ces soupçons de Blaise, depuis leurs échecs.

Elle voyait à sa tête ce qui le travaillait, quelque chose de méchant dans les yeux, si, si. Il dégoulinait d'amertume par tous les pores. Il lui était venu l'envie de l'éliminer, pas seulement de sa vie, de l'éliminer purement et simplement.

Si c'était une nouvelle provocation, elle n'impressionnait pas Blaise. Elle lui faisait plaisir au contraire. De quoi les réconcilier en soulignant leur accord profond depuis le début. Cela aussi ils le partageaient : l'éliminer, et de sa vie et de la vie tout court, il n'y avait jamais autant pensé.

S'il regrettait une seule chose aujourd'hui, c'était qu'elle n'ait pas eu le cran de sauter du toit le jour où.

Quoi ? Oser dire une horreur pareille ?

Chacun les siennes. Si elle l'avait fait, elle lui aurait épargné l'envie d'en finir à présent. Et puis, elle lui aurait sauté dessus, comme il l'avait pensé une seconde alors, elle l'aurait écrasé de tout son poids. Cela aurait été beau, elle aurait été à lui, toute à lui, rien qu'à lui, un cadeau, vraiment pur.

Là, tout était gâché, ce N.A. était venu se glisser entre eux.

Il y croyait encore, aux liens avec ce N.A. ?

Comme jamais, d'ailleurs, elle pouvait lui dire le nom complet, au point où ils en étaient. Alors N… ? Nathan, Nicolas, Nino, Nadir ? Puisqu'elle était à lui, qu'il était le marionnettiste depuis le matin de la rue Soufflot.

Iris ne pouvait pas rester à ses côtés sur le matelas, ni ailleurs. Ce n'était plus permis.

Qu'est-ce qui n'était plus permis ?

Plus rien n'était permis, sauf la peur. Elle avait peur de lui. Il avait peur d'elle. Ils étaient arrivés au bout de quelque chose. Un pas au-delà, c'était le grand vide. Il ne restait qu'à disparaître.

La bâtisse autour d'eux, devenue invivable, menaçait aussi, jour après jour, de disparaître. Le plus étrange était le temps qu'il leur avait fallu pour s'en apercevoir.

Pour se séparer, sans aller au pire, il fallait distraire son attention ; revenir à la vie banale ; penser à tout, bêtement.

La batterie de la voiture pour commencer, des heures de charge, dans ce trou, si on tenait à en sortir. Pensons à la clé de la maison, on avait l'obligation de la rendre à l'un de ses propriétaires, l'ami de Blaise. Ne pas oublier à cette occasion de lui signaler la chute accidentelle de la cheminée. Rassembler le peu d'affaires à leur disposition, mettre un semblant d'ordre, pour faire croire qu'on respectait le bien d'autrui.

Un détail a perturbé leurs préparatifs. Ils avaient l'intention de se changer, pour partir propres. Chacun dans son coin, retour de la pudeur, de nouveau étrangers. Quand ils se sont retrouvés l'un en face de l'autre, obligés de constater qu'ils avaient endossé leur pull marin à rayures bleues. Le retour de la fraîcheur, pas d'autre raison ; pas de regrets.

Encore un détail : qu'est-ce qu'Iris cachait dans ce gros sac en plastique, pour le charger dans le coffre ? Ses affaires personnelles, vraiment ? Et la manche jaune moutarde dont on voyait un bout, là ? Un dernier vol ?

Pas un vol, un emprunt, disons un souvenir.

Elle ne le détestait pas autant qu'elle le prétendait ?

Qu'il ne se fasse pas d'illusions. La doudoune jaune, pour elle, serait l'objet idéal pour se défouler. Elle la torturerait comme une poupée vaudoue, s'il tenait à le savoir.

Blaise Astor a préféré en rire. S'il était pris de douleurs atroces, il saurait qu'elle serait en train de s'occuper de lui à distance, une garantie sur l'avenir.

Dans la séparation, ce petit reste entre eux lui faisait plaisir.

Leur manie de commenter à haute voix tout ce qui défilait sous leurs yeux s'était effacée. La route en silence, du bord de la Manche au Perche, deux heures sans avoir rien à mettre en commun.

Iris Bila espérait trouver du réconfort auprès de sa sœur Maria, à Manou. Sans l'avoir prévenue de son arrivée, c'était osé. Elle comptait moins sur la générosité de la famille que sur la satisfaction procurée par un renoncement que Maria avait encouragé à plusieurs reprises.

Le sourire en coin de sa sœur était prometteur, annonçait un « Je vous l'avais bien dit » triomphant, suivi d'une invitation à passer à table. Le compagnon annonçait qu'un champagne était toujours au frais, un bon.

Blaise Astor ne tenait pas à s'asseoir. Une rupture franche, il ne fallait pas l'atténuer par un repas partagé en famille. Il déposait Iris, il reprendrait la route, le temps de décharger les bagages.

Au contraire, prenons notre temps. Pourquoi tant de sollicitude pour celui que les Bila avaient toutes les raisons de congédier au plus vite ? Les éclaircissements n'ont pas tardé.

Maria Bila prenait acte de leur décision, la plus sage des décisions, conforme à son analyse, était prête à fournir à sa sœur l'assistance matérielle indispensable dans les circonstances.

Cela dit, la maison du Perche, une longère, si grande soit-elle, n'était pas la mieux adaptée à la situation. Elle avait été choisie pour s'éloigner de Paris, mais pas trop, permettait le télétravail, qu'elle pratiquait simultanément avec le père de ses enfants, tout aussi polytechnicien qu'elle, occupant un poste d'égale importance.

Cette pratique du télétravail, deux bureaux distincts, plus la présence de trois jeunes enfants à coucher, chacun sa chambre, à nourrir, à encadrer, salle de jeux, espace de travail, à accompagner, tout cela ne favorisait pas l'hébergement durable d'une sixième personne pour l'instant sans occupation.

Iris pourrait se charger des enfants ? À la place de la jeune fille qu'on venait d'embaucher ? Bien sûr, mais avait-elle les compétences et la disponibilité requises ? Un manque de pratique indiscutable et son comportement récent, ses activités, disons douteuses, qu'elle avait revendiquées, certes par pure provocation, comme on l'espérait encore, n'étaient pas le gage d'une éducation bien saine. Il ne suffisait pas de se présenter comme la tante des petits pour être considérée comme un modèle à suivre. D'abord, le contrat de la jeune employée était en signature – déjà signé, soyons précis.

Le compagnon ne cherchait pas à se montrer trop insistant, néanmoins il lui paraissait évident que, si on avait l'intention louable de revenir auprès des siens, le plus sûr était de retourner auprès de ses parents, surtout si leur santé était fragile. Là, pas besoin d'expérience ni de connaissances, les soins d'une fille naîtraient spontanément.

Ah oui, spontanément, une fille ?

Ce n'était pas ce qu'il voulait dire. Si elle résistait, il ne lui venait qu'un mot : s'occuper de ses vieux, ce serait un bon moyen, le seul, de se racheter. Se racheter, c'était dit.

Le mot de trop. Ils finissaient tous, ces hommes, par avoir le mot en trop, celui qui blessait avant de tuer.

Iris ne tenait pas plus que Blaise, dans ces conditions, à partager ce repas. Maria Bila s'est proposée, puisqu'on tombait tous d'accord, de mettre au point tout de suite, avec l'aide de leur mère, ce retour vers le berceau familial.

Blaise Astor n'était-il pas chauffeur de VTC ? Ça tombait on ne peut mieux. Il serait en mesure d'accompagner Iris jusqu'à la maison de Neauphle-le-Château. Pour aider, elle était prête à payer la course.

Pour le mot de trop, il n'y avait pas que les hommes. Ne cherchons pas la délicatesse où elle n'a jamais existé. Lui, Blaise, ne rechignait pas à assurer le dernier transport pour rien, séparation ou pas.

Comment ça, leur séparation n'était pas acquise ?

Leur union ne l'avait jamais été non plus. Cela ne changeait pas beaucoup.

Avant de partir, puisqu'on en était à distribuer les mots qu'il ne fallait pas, une dernière remarque d'Iris, pour que ce soit clair avec Maria : Blaise et elle ne se séparaient pas pour suivre ses bons conseils de mère de famille avisée, mais parce qu'il avait menacé de la tuer.

Blaise Astor a tenu à préciser qu'Iris avait manifesté la première l'intention de le liquider. Respectons la chronologie.

Les enfants, ils proféraient des horreurs pareilles devant des enfants. Dire qu'Iris prétendait se faire engager comme éducatrice.

Et ils avaient l'air d'en jouir, de leurs provocations, comme chaque fois. Ils n'étaient donc pas si séparés qu'ils le prétendaient. Cette entente folle persistait au-delà de la rupture. Maria Bila remarquait qu'ils parlaient encore et toujours d'une seule voix, partageant des intonations, un phrasé proches. C'en était plus effarant que tout le reste.

Vite, éloignons les enfants, récupérons les seuls bagages d'Iris, bien réduits heureusement. Maria préférait perdre sa journée de télétravail, conduire sa sœur en personne jusqu'à Neauphle-le-Château, la remettre en mains propres à sa mère et lui faire toutes les recommandations nécessaires, autrement dit plus libérales, pour éviter une nouvelle fugue aux effets catastrophiques.

On avait sous les yeux le résultat de la première, il était temps d'y mettre un terme, retour au point de départ, après élimination de celui qui en était la cause, avec sa maudite veste jaune qu'il avait fallu restituer à tout prix. Et à quel prix ?

Précipitons les adieux avec cet assassin potentiel. Le compagnon de Maria, pas trop rassuré, a escorté Blaise jusqu'à sa Lexus, pour embarquer les deux sacs désignés.

Qu'il n'oublie pas le plus gros, là, bien que le plus léger, que lui désignait le conducteur narquois prié de déguerpir aussi vite que possible.

Blaise Astor roulait vers Paris, en empruntant les petites routes, habitude de discrétion bien installée depuis ses courses à travers la Normandie et la Picardie, en compagnie d'Iris. Un recommencement pour lui aussi, restait à préciser le recommencement de quoi.

Il suivait les départementales, traversait des villages, faisait l'inventaire de leurs commerces, ceux qui avaient échappé à leur attention, ceux qui auraient mérité une descente, à voir l'air revêche de leur gérant. Il se demandait d'où avait bien pu sortir l'idée de s'en prendre à des boutiques si minables, sans avenir, sans espoir d'enrichissement, ni pour ses propriétaires, ni pour des voleurs.

Jamais le moindre doute et là, comme pour le rôle de N.A. dans la vie d'Iris, le dessillement total. Contre sa nature, ses façons de voir, ce qu'il avait fait, et il l'avait fait.

L'approche de la capitale effacerait ces mauvaises impressions, oublions.

Il n'avait pas de destination précise en abordant le périph. La tentation de rejoindre la porte de la Chapelle et la perspective de la vallée de la Bresle familiale ne l'ont pas retenu longtemps. L'accueil de Maria Bila et de sa famille l'avait échaudé. Rien de mieux à attendre de la part de son frère et de sa sœur, si remontés contre lui.

Il a fait l'effort de les appeler l'un après l'autre, pour les soulager doublement : il avait mis un terme à cette relation qu'ils désapprouvaient et il renonçait à leur demander l'hospitalité.

Difficile de dire quelle nouvelle les enthousiasmait le plus. Des effusions à n'en plus finir dans tous les cas, comme devant une résurrection. Pas au point de vouloir le toucher pour s'assurer de son retour sur terre. La confirmation par téléphone leur suffisait.

Ils se laissaient aller à des promesses dont ils ne revenaient pas. Leur frère, puisqu'il était redevenu leur petit frère, pouvait leur demander n'importe quoi, entendons-nous bien, n'importe quel petit coup de pouce. Un poste de veilleur de nuit, si la situation se normalisait dans les mois à venir, si le besoin s'en faisait sentir, si les candidats, tous des fainéants, faisaient défaut. On verrait.

D'ici là, qu'il donne de ses nouvelles. On suivrait son évolution avec attention, patience, affection aussi, si, si. On encouragerait ses recherches. Quelles recherches ? Il trouverait bien, emploi, logement, compagne adaptée, la vraie vie.

Ils saluaient son retour dans la société. On avait tous été un peu dérangés, ces derniers temps, lui un peu plus que les autres, mais, comme en économie, on arrivait à la fin d'un cycle, c'était sa chance, à saisir.

Restons-en là, le ton aimable et les encouragements étaient la manifestation d'un bouleversement suffisamment considérable pour qu'on ne prenne pas le risque d'aller au-delà et de se décevoir.

Clément et Astrid Astor se sont appelés dans l'heure, pour s'assurer qu'ils n'avaient pas rêvé et vérifier qu'aucun des deux ne s'était laissé aller à des promesses inconsidérées. Sur ce point, ils pouvaient se faire confiance.

Ils partageaient toutefois une inquiétude persistante. Cette séparation si brutale, si inattendue, que Blaise s'était abstenu de justifier clairement, cachait possiblement quelque chose. Une manœuvre pour les endormir, et le couple uni comme jamais les surprendrait par-derrière ?

Méfiance, quand on avait mal tourné, on ne revenait pas en arrière. L'entreprise familiale ne devait pas relâcher sa vigilance. Sa rentabilité en ferait toujours une proie pour un membre de la famille mal intentionné et convaincu de ne pas en avoir profité à sa juste valeur.

Blaise Astor avait repris ses évolutions à partir du périph nord, toujours sans destination consciente, après bifurcation vers le canal de l'Ourcq.

Mais si, nouveau dessillement instantané, il se rapprochait, comme aimanté, du parc des Buttes-Chaumont. N'avait-il pas un devoir à accomplir, restituer à son ami Arthur Ligre les clés de sa propriété sur la Manche, une manière symbolique de tirer un trait sur ce désastre et l'occasion de lui demander une nouvelle fois son aide ?

Arthur Ligre avait fait beaucoup d'histoires pour transmettre les clés, cela revenait à l'esprit de Blaise. Il ne se sentait pas le courage de descendre au fond d'un parking labyrinthique pour éviter tout contact délétère. Une boîte à lettres ferait l'affaire, après décontamination du trousseau, si la hantise de la maladie tenait toujours ce pauvre Arthur.

Tout le contraire, un homme rétabli depuis peu, intarissable au téléphone sur la fatigue de plusieurs mois disparue en une nuit, la toux persistante évaporée, les maux de tête oubliés. Il se considérait comme un miraculé. Pour être franc, il avait pensé devenir dingue avec ces symptômes sans fin et sans remède. Les médecins l'avaient félicité de son retour à la bonne santé, tout en reconnaissant qu'ils n'y étaient pour rien.

Arthur Ligre avait gardé un temps ses distances avec le monde, s'attendant à une rechute ; elle n'était pas venue. Maintenant tout permis, les rencontres, les embrassades. Si Blaise tenait à l'embrasser, sa porte lui était ouverte.

Qu'est-ce qu'il lui rapportait ? Ses clés ? Plus besoin de la maison ? Donc plus de femme ? Plus de maison non plus, une cheminée effondrée ? Rien n'avait d'importance pour Arthur Ligre.

Contrairement à l'image qu'il donnait de lui, il n'était pas que tourné vers sa petite personne. Il a pris le temps de questionner Blaise touché de sa sollicitude, mais embarrassé d'avoir à lui répondre avec le plus grand flou. Une amitié n'autorisait pas tous les aveux, braquages plus ou moins mineurs, échange de menaces de mort, la matière de sa vie récente.

Arthur a refusé de laisser partir Blaise dans l'état incertain où il le voyait. Pour dormir où ? Dans sa voiture ? Il en était là ? Pas question d'y passer une nouvelle nuit. Il lui arrangerait un canapé dans son deux-pièces des Buttes-Chaumont, pour quelques jours.

Si Blaise remettait entre-temps en route sa petite entreprise de VTC, Arthur l'accompagnerait. Ensuite, comme le studio de doublage reprenait ses activités, des projets en sommeil se trouvaient relancés, on aurait besoin des anciens, il appuierait sa candidature.

Seulement, il faudrait retravailler sa voix. Arthur ne la reconnaissait pas, si plastique autrefois, embrumée aujourd'hui, plutôt atone. Il comprenait, se taire, comme on y avait été obligé ces derniers mois, n'avait pas aidé. Les circonstances, la déprime, tout à reprendre avec un peu d'échauffement, de l'entraînement, confiance.

Cela n'a pas traîné. Grâce à la générosité d'Arthur Ligre, quelques propositions sont tombées, des essais, un premier engagement, suivi d'un autre, pas cher payé.

Le reste du temps, des courses en région parisienne, de quoi payer les mensualités en retard pour la Lexus, faire réparer l'aile droite, obtenir des appréciations positives.

Il annonçait chaque jour son départ prochain à Arthur Ligre. Suffisamment de ressources pour s'offrir un minuscule studio pas loin, dans le 19e arrondissement.

Les visites n'aboutissaient à rien, Arthur Ligre acceptait de prolonger le séjour de Blaise Astor sans un signe d'agacement. Quelqu'un à qui parler de ses inquiétudes, de ses douleurs, si elles menaçaient de se reproduire, de sa joie profonde, si c'était une fausse alerte. Personne de plus généreux qu'un égocentrique rassuré.

Iris Bila occupait sa chambre d'enfant à Neauphle-le-Château, faisait la bonne fille avec son père, enfoncé comme jamais dans sa dysphonie, pour ne pas dire son aphasie. Il avait perdu les moyens d'actionner sa tablette, sa chaîne.

Iris se sentait utile en lui repassant les vieux disques de ses sopranos préférées, Renata Tebaldi, Teresa Berganza, Mady Mesplé, la Callas, trouvait un plaisir étrange à réentendre ces voix, écrasantes pour elle, quand elle faisait ses études musicales. Elle était bien la seule, s'il fallait en croire sa mère, épuisée d'avoir subi elle aussi, sous son toit, depuis tant d'années, ces voix d'autres femmes, sans avoir toujours pu faire entendre la sienne.

M. Bila ne manifestait plus, depuis quelques semaines, l'intérêt de toute sa vie pour ces auditions.

Mme Bila ne voulait pas dire que la dégradation des capacités de son mari était due à la fugue d'Iris, elle n'en soulignait pas moins la concomitance des événements, ajoutait que sa fille pouvait faire tous les efforts qu'elle voulait pour se rattraper, cela ne changerait rien à l'effondrement en cours.

Iris Bila s'obstinait pourtant à faire réagir son père au son, aux timbres, aux intonations, un nouvel enfermement, comme s'en inquiétait sa mère à chaque visite de Maria Bila.

Maria sentait qu'elle avait aussi quelque chose à rattraper. Elle avait expédié un peu trop vite sa sœur chez ses parents fatigués et écrasés de soucis médicaux.

Faire d'Iris une auxiliaire de vie entrait en contradiction avec ce qu'on savait de l'existence qu'elle avait menée ces dernières semaines. S'il était permis de s'en réjouir, puisque la sœur cadette semblait se consacrer à ce rôle sans se plaindre, cela ne devait pas durer trop longtemps, pour la santé mentale de tous.

Maria Bila se démenait pour permettre à Iris de retrouver un emploi à sa mesure. Elle a sollicité l'hôpital Lariboisière pour un poste de standardiste. La direction, à la mention du nom d'Iris Bila, a déclaré que tous les postes étaient pourvus.

L'hôpital Ambroise-Paré, à Boulogne-Billancourt, s'est laissé convaincre de ses mérites. Les quelques dérives anciennes, signalées par son ancien employeur, étaient justifiées par les circonstances. Tout était allé de travers, on n'en voudrait à personne.

Iris s'est présentée aux convocations, engagée à se soumettre à toutes les contraintes horaires, a rapidement reçu les félicitations de la RH. Bons échos de la hiérarchie, des collègues, des patients. Elle avait assimilé les subtilités propres à chaque service, dirigeait avec clarté les malades dont les demandes étaient trop confuses. Sa voix enjouée passait bien auprès des plus angoissés. Les conflits étaient lissés, finesse, doigté, des mérites insoupçonnés.

Maria Bila était fière de sa réussite, avait parfois le plus grand mal à y croire. Elle allait jusqu'à interroger discrètement la RH, pour avoir confirmation du changement non seulement de comportement, mais de personnalité de sa sœur.

Elle a eu la curiosité de savoir comment l'autre, Blaise Astor, s'en tirait de son côté. À titre de comparaison uniquement, esprit scientifique jusqu'au bout.

Elle avait gardé les numéros des Astor, qui n'en revenaient pas non plus de l'évolution de Blaise.

Leur frère avait repris, avec le plus grand naturel, ce qu'ils appelaient « le cours normal de l'existence ». Des heures de travail régulières, des comptes en passe d'être assainis, si on écoutait l'intéressé, des projets.

Un studio se libérait dans l'immeuble de son ami Arthur Ligre, les copropriétaires soutenaient sa candidature et se portaient garant pour lui. Le garçon agressif et hostile qu'ils avaient affronté au bord de la Manche s'effaçait derrière le plus civilisé des hommes, capable d'entretenir des relations sociales satisfaisantes.

Un phénomène, oui, vraiment un phénomène curieux. Côté Bila, on parlait d'une résilience miraculeuse, côté Astor d'une convalescence éclair.

Et jamais aucune allusion, dans la conversation de Blaise, à la vie antérieure ni à Iris Bila. Clément Astor avait glissé quelques sous-entendus, pour voir. Pas d'écho. Le passé semblait n'avoir jamais existé. Félicitons-nous de cette issue.

Maria Bila s'en félicitait aussi, tout en y voyant une confirmation de sa thèse d'un moment, si contestée par les Astor, à laquelle ils n'avaient plus rien à redire, puisqu'elle appartenait à ce passé révolu. Ensemble, Iris et Blaise piétinaient les valeurs et les lois, étaient devenus malfaisants pour les autres autant que pour eux. Loin l'un de l'autre, des individus ordinaires, sans histoires, respectueux de tout.

C'était fou, c'était comme ça.

Cela n'aurait pas dû être considéré comme un bouleversement, uniquement comme une issue prévisible.

M. Bila, dans sa chambre à part, a fait une dernière attaque cérébrale, tôt le matin, en présence de sa fille Iris.

Elle se levait de bonne heure, tout un trajet pour rejoindre Boulogne-Billancourt, consacrait une demi-heure à son père, ses besoins, la propreté des draps, son café. Elle lui mettait, au début, un CD ou une vidéo d'une cantatrice célèbre. Elle espérait chaque jour éveiller une lueur de la passion ancienne dans son œil, et puis ça l'occupait, qu'il en ait envie ou pas.

Elle avait fini par y renoncer, depuis peu, devant l'insuccès de ses tentatives.

La demi-heure s'achevait, Iris a bien constaté des soubresauts, des sons plaintifs, comme M. Bila en émettait régulièrement.

Pas de réponse à ses questions ni signe corporel sensible. Les manifestations vitales, ces derniers temps, étaient réduites au minimum, pas de quoi s'en alarmer.

La seule nouveauté venait d'elle. Elle avait entrepris de descendre au sous-sol, la veille au soir, tout ce matériel encombrant et périmé de chaînes, de baffles, évacué les cassettes d'une autre époque, les CD, y compris la tablette que son père n'était plus capable d'utiliser tout seul.

Trop de précipitation, comme sa mère lui en avait fait le reproche. Bien sûr, cela avait longtemps pesé sur les nerfs de la famille, prenait trop de place et ne servait plus à rien, mais il ne fallait pas donner l'impression qu'on enterrait le malade avant l'heure et mettre au rancart ce qui avait incarné la passion paternelle pour la voix humaine.

La voix des autres surtout ? Indiscutablement, pour autant un peu de décence ne faisait jamais de mal.

Les deux femmes s'étaient disputées pour la première fois depuis longtemps. Jouer la bonne ménagère, après ce qu'on avait fait endurer à ses parents, oui, mais jouer l'épouse prévenante après ce qu'on avait quelquefois balancé à son mari ?

Le fait est qu'Iris Bila ne s'était pas empressée d'appeler les secours, ni de prévenir sa mère. Elle avait assisté, sans soupçonner la gravité de la situation, comme elle le prétendait, aux derniers mouvements de son père, à ce qui avait dû ressembler à des convulsions, les plus silencieuses des convulsions. Si une douleur ne s'entendait pas, il était permis de douter de son existence.

M. Bila avait forcé ses filles à écouter toutes les scènes d'agonie, de mort ou de suicide à l'opéra, ça laissait des traces. Et il finissait en silence, encore une conclusion qui donnait à réfléchir.

Son immobilité, alors que sa fille s'apprêtait à le saluer avant de rejoindre l'arrêt de bus, l'avait alertée. Oui, elle avait encore pris son temps pour aller réveiller sa mère. Se presser ne servait à rien.

Mme Bila tenait à appeler le Samu, Iris l'en avait dissuadée. Le médecin venu constater le décès confirmait que la crise aurait été de toute façon fatale, sauf si elle avait été traitée à l'extrême début qui avait dû précéder d'au moins deux heures la venue de la fille.

N'empêche, l'attitude d'Iris, rapportée par leur mère à Maria, interrogeait, comme la famille le ressassait depuis. Tant de négligences accumulées, elle aurait poussé son père à mourir, elle ne s'y serait pas prise autrement.

Une gêne s'installait. Maria Bila n'aimait pas ce qu'elle nommait la froideur de sa sœur, à d'autres moments sa désinvolture. Elle rattachait son attitude à son passé récent, qu'elle avait cru miraculeusement effacé, dont certaines images lui revenaient.

La dernière fois que Blaise Astor et Iris Bila s'étaient trouvés ensemble, dans sa maison de Manou, ils avaient manifesté une désinvolture et une froideur communes pour s'accuser mutuellement, devant des enfants en bas âge, de menaces de mort. Un signe supplémentaire du dérangement de ces deux-là.

Maria Bila s'était flattée un temps du retour à la normalité de ce couple malade à deux. Il n'était peut-être pas aussi complet qu'elle s'était convaincue de le croire. Un doute subsistait sur la tentative d'assassinat de la pharmacienne Mme Collet, un doute à présent sur les circonstances de la mort de leur père.

Maria Bila n'y aurait pas cru. Au cimetière de Neauphle-le-Château, il faisait froid, oui, les premiers gels. Mais pourquoi Iris s'était-elle présentée à la mise en terre revêtue de cette veste matelassée flashy ? On ne l'avait plus vue dans ses affaires depuis sa fugue. Sa réapparition avait-elle une signification ?

Le gel et rien à se mettre, comme Iris l'a laissé entendre à la sortie du cimetière, ou le signe de retrouvailles avec Blaise Astor ? Le signe d'une complicité persistante. Le besoin de se revoir, de se sentir mieux exister à deux pouvait avoir été plus fort que la rupture.

Maria Bila a relancé les Astor. Ils n'avaient connaissance d'aucune rencontre, d'aucun appel entre les deux, obligés d'admettre que leurs liens avec Blaise, depuis qu'il allait si bien, s'étaient de nouveau distendus. Ils ne savaient rien de ses relations.

Maria a multiplié les lectures, les jours qui ont suivi l'inhumation de M. Bila. Une obsession qui commençait à nuire à son télétravail. Elle étudiait les manifestations de la prise de contrôle d'un esprit par un autre, trouvait à chaque page des ressemblances avec les cas de Blaise et d'Iris, se demandait si elle aurait les moyens ou l'autorisation légale de surveiller leurs échanges.

Son compagnon lui reprochait de se monter la tête. La mort subite de M. Bila l'avait bouleversée, rien de plus compréhensible, il ne fallait pas y plaquer des considérations hors de propos. Le deuil, c'était normal, ça passerait.

On aurait pu en rester là, une irritation passagère, des soupçons sans conséquences, à ajouter à la liste des désagréments familiaux, la vie banale, mais non.

C'est arrivé un vendredi soir, tard, après onze heures.

Clément Astor ne comptait pas son temps, des projets à mettre en forme, un process inédit dans la fabrication du verre, au calme, à l'abri des sollicitations du personnel et des clients.

Les incertitudes économiques s'estompaient, son seul bonheur renaissait dans son aquarium illuminé de la vallée de la Bresle, une fatigue roborative, pour se dire qu'il s'usait pour le bien universel, l'excellence de son verre.

Les incertitudes avaient pesé trop longtemps, elles ne comptaient plus, ce frère rentré dans le rang ne faisait plus parler de lui, cela était précieux.

Il s'apprêtait à quitter le bureau, il ne restait qu'à enclencher l'alarme.

Un fracas, comme un coup de masse contre la porte en verre feuilleté : elle a résisté une fois, qualité Astor, deux fois, pas trois. Des impacts différents ont été relevés, comme la démolition de plusieurs vitrages haute technologie tout autour de la pièce, le bureau du patron, la vitrine de l'entreprise, un acharnement qui confinait au sabotage industriel.

Pas évident de déterminer si la dévastation des lieux avait précédé ou suivi l'élimination du chef d'entreprise. Ces coups sur la tête, à la faire éclater, aussi bien que les vitres, un carnage écœurant qui laissait perplexe.

Le coffre avait été trouvé ouvert, ce qui laissait supposer des menaces, voire des tortures, avant l'exécution. Personne, dans l'entreprise, pas plus la comptable que des secrétaires, n'était en mesure de dire ce qu'il contenait. Peu d'espèces, selon Astrid Astor, la plus proche collaboratrice de son frère.

Elle a ajouté, ce qui a orienté le processus judiciaire dans une direction nouvelle, que la famille Astor avait renoncé depuis peu de temps à y entreposer des valeurs, à la suite de menaces proférées par l'ancienne compagne d'un frère cadet qui connaissait des difficultés financières.

Qu'est-ce que c'était que ce frère et, accessoirement, son ex-compagne ? Une guerre d'héritiers serait tout de suite plus prometteuse et excitante qu'une énième histoire de petits malfrats.

Astrid Astor n'avait pas d'autre ressource que de fournir les noms de Blaise Astor et d'Iris Bila, accompagnés de précisions qu'elle n'a pas pu s'empêcher de développer, surtout à propos de l'ancienne amie ou compagne ou proche, pas inconnue, elle et elle seulement, des services de police, comme elle avait été obligée de le déduire de circonstances fâcheuses étalées sur les écrans ou dans la presse.

L'ancienne compagne s'était vantée devant eux, une fois, pour les défier comme de sales bourgeois, d'obscures pratiques malhonnêtes, pas Blaise, non, pas Blaise.

Elle mélangeait trop d'indications disparates, cela prêtait à confusion. On pouvait la comprendre, bouleversée par la mort brutale d'un frère responsable des affaires de toute la famille.

À propos de mort brutale, au risque d'ajouter un nouveau détail sans aucun rapport, elle avait appris, de la bouche de la sœur de cette ex-compagne, le décès douteux de leur père, certes gravement malade.

Maria Bila, alors qu'elles ne se parlaient plus guère, l'avait appelée, pour lui demander si, à sa connaissance, Blaise et Iris avaient renoué au point de concevoir le projet invraisemblable de s'en prendre à un grabataire. Drôle de question, non ?

Si, comme Astrid Astor le pensait, aucun lien n'existait plus entre les deux, le rôle d'Iris Bila dans la mort de son père, s'il était avéré, serait exclusif, pas Blaise, non, pas Blaise. Et si quelqu'un avait commencé comme ça, il n'avait aucune raison de s'arrêter en chemin.

Elle ne voulait pas revenir sur un fait divers récent, pas si loin de la verrerie, la tentative d'assassinat sur la personne d'une pharmacienne, dans la mesure où un suspect avait été interpellé, mais allez savoir. Elle ne serait pas étonnée, si elle se remémorait des allusions cryptées d'Iris Bila, que tout se croise et conduise jusqu'à la mort violente de son frère Clément.

Une pharmacienne normande, un grabataire de Neauphle-le-Château, un verrier de la vallée de la Bresle, cette Mme Astor s'ingéniait vraiment à tout embrouiller, c'en était agaçant.

Cela allait jusqu'à jeter le trouble sur sa propre personnalité. Celle qui ne voulait accuser personne et déballait les pires accusations sur tout le monde. Celle aussi qui entretenait des relations intimes avec la sœur d'une personne qu'elle dénigrait le reste du temps.

Les officiers de police judiciaire n'en demandaient pas tant. Les suggestions trop insistantes et entremêlées d'un témoin ne pouvaient pas tenir lieu de faisceau d'indices, sauf s'il avait un intérêt secret derrière la tête.

Les vérifications prenaient du temps. Les traces d'ADN, multiples sur un lieu de travail, fragiles, relevées dans le bureau de verre seraient comparées à l'ADN des familiers nommés. Rien n'en ressortait pour le moment, à part la confirmation de la présence des collaborateurs habituels et d'Astrid Astor en personne.

L'examen des emplois du temps n'était pas davantage concluant.

Les conditions du décès de M. Bila, d'après le certificat établi par le médecin de famille, ne prêtaient guère à contestation. Un tableau clinique classique, un AVC de plus, définitif.

Maria Bila prenait le parti d'atténuer la portée de ses interrogations sur sa sœur, insistait davantage sur les relations déplorables entre le chef d'entreprise et son frère peu entreprenant. Astrid Astor ressortait les articles collationnés par Clément, portant sur des faits divers dans sa région, avec des passages soulignés de sa main en rouge, signalant chaque fois une présence féminine.

Les braquages étaient si nombreux, dans un périmètre trop large, le *modus operandi* si variable, les témoignages si contradictoires, des mineurs, des SDF, des femmes, des retraités, n'importe qui s'y mettait, que cela détournait l'attention du crime de la verrerie, le seul qui devait occuper l'esprit des enquêteurs.

Astrid Astor ne se décourageait pas, replaçait l'histoire de la rue Soufflot, un indice supplémentaire du comportement discutable de Mme Iris Bila.

Une victime secourue toute nue sur un toit, à d'autres époques, on en aurait fait une sorcière. On n'en était plus là, Mme Astor était aveuglée par de vieilles haines. Son insistance et les circonstances obligeaient les services à réentendre Blaise et Iris comme témoins, abstraction faite des accusations réciproques de désordre mental, selon qu'on écoutait la famille Bila ou la famille Astor.

Le plus déstabilisant pour les enquêteurs était l'attitude désinvolte similaire adoptée par ces deux témoins interrogés séparément. Ils semblaient s'amuser à construire des scénarios extrêmes : et si quelqu'un faisait appel à son ex pour écraser la tête de son frère, après avoir zigouillé, à sa demande, le père de ladite ex ? Comment appellerait-on ça ? Échange de bons procédés, pour brouiller les pistes ? On ne les croyait pas ? Comme c'était dommage, personne ne leur avait jamais fait confiance pour rien.

Si on leur faisait part, à propos du manque de confiance généralisé à leur égard, des remarques désobligeantes de la famille adverse, manipulations, emprise, comportement de tortionnaires, ils ricanaient, ironisaient, se déclaraient prêts à endosser tous les crimes pour faire plaisir à des familles pareilles, le seul poids qu'ils avaient à porter.

Sur ce point, les officiers de la PJ n'étaient pas loin d'aller dans leur sens. Mme Astrid Astor, en particulier, leur semblait plus vindicative que la situation ne l'exigeait, parfois aussi trouble qu'eux. Ce n'était pas une raison pour en rajouter dans l'excès et s'enfoncer sur le ton de la dérision. Mort d'homme, ne l'oublions pas. Ils étaient incités à davantage de mesure, accusés de rien, pour le moment, pas des suspects, juste des témoins, pas encore assistés.

Toutefois, pour un couple qui se disait séparé, la concordance de certaines phrases ou expressions perturbait, autant que le ton identique utilisé. À croire qu'ils s'étaient donné le mot, alors qu'ils assuraient n'avoir eu aucun échange depuis leur rupture.

S'il leur était signalé qu'ils s'étaient menacés de mort mutuellement, preuve qu'ils envisageaient spontanément et sans crainte de donner la mort à autrui, ils déclaraient, chacun de son côté, ne pas s'en souvenir ou, si quelqu'un les avait entendus, ne pas l'avoir dit sérieusement.

Fâcheux, de plus en plus fâcheux. Rien de consistant à leur reprocher pour le moment, sinon ces postures désastreuses devant toute autorité. Comme s'ils avaient besoin d'attirer l'attention sur eux : le bonheur d'être soupçonnés plus valorisant que l'innocence.

Il était trop tôt pour demander une expertise psychiatrique, en l'absence d'indices concordants. Des revendications farfelues ne tenaient pas lieu de preuve, pas plus que l'impatience d'une famille à mouiller l'autre.

Tant qu'une procédure concrète n'était pas engagée contre Iris Bila et Blaise Astor, aucune interdiction formelle d'entrer en relation ne pouvait leur être signifiée ; fermement déconseillé toutefois ; à proscrire, dans leur propre intérêt. Le soupçon de collusion, l'identité de leur discours, des versions trop visiblement accordées leur nuiraient davantage que leurs provocations joueuses.

Interdiction, pas interdiction, formelle, informelle, les formules magiques de la justice assommaient Iris et Blaise aussi bien que les formules magiques de la psychologie assenées par Maria Bila dans la maison au bord de la Manche.

La nostalgie de cette maison leur revenait, comme s'ils avaient vécu là les meilleurs moments de leur vie.

Ils étaient rentrés dans le rang, ils l'avaient cru, leurs proches l'avaient cru un moment. La police et la justice faisaient semblant de le croire, les tannaient sans en avoir l'air.

À force d'entendre répéter qu'on n'avait rien à leur reprocher, ils étaient convaincus du contraire.

À force d'entendre qu'il était préférable, disons fortement recommandé, de ne pas avoir le moindre échange, ils n'ont eu qu'une envie, se voir. Puis une deuxième envie, se toucher.

Ils ont commencé par la troisième, se parler. Et un nouveau plaisir, se parler tout en feignant de s'inquiéter de savoir si leurs numéros n'avaient pas été placés sur écoute. Des individus pas suspects, la logique judiciaire était de les traquer jusqu'à ce qu'ils le deviennent. Offrons-leur nos horreurs secrètes.

Les citoyens avaient tendu vers eux leurs smartphones, partout où ils étaient passés, il était légitime que les représentants de l'ordre branchent leurs micros. Ils en auraient pour l'argent de l'État, s'ils étaient patients et attentifs.

Iris et Blaise allaient droit au but, leurs désirs inaboutis, les plus physiques, ce manque, ils l'éprouvaient à égalité, ce manque ? Qu'ils ne disent pas qu'ils n'attendaient pas du coquin, dans les écouteurs. Ils s'ennuyaient ? Ils allaient être servis, caricature de porno. Contents ?

Ils s'appelaient tous les jours, longuement, leur seul moment fort. Cette nouvelle vie qu'ils s'étaient imposée, ils n'en pouvaient plus. Et personne ne leur avait été reconnaissant de leur tentative de réadaptation à la vie ordinaire.

Des simulateurs, leurs familles, les institutions, le monde entier avait fini par les traiter comme tels. Ça faisait du mal rien que d'y penser. Décourageant de constater à quelle vitesse ils avaient été jetés dans les griffes de la police. Elle pouvait soupeser ces mots, puisqu'elle aimait les formules toutes faites, la police pleine de griffes, accrochée à ses écouteurs.

Elle mettait du temps à réagir, la police. Des gens ne respectaient pas la consigne qu'on leur avait fortement suggérée, et on les laissait dire. On attendait le mot de trop ? Patience, il ne tarderait pas.

À force de s'enchanter de leurs conversations intimes qu'ils supposaient publiques, Iris et Blaise négligeaient leurs activités sociales rémunératrices. Blaise Astor n'aurait manqué pour rien au monde un appel d'Iris, il laissait tomber en chemin des clients potentiels. Courses manquées, service pas à la hauteur, appréciations en chute, pas grand-chose à faire.

Iris Bila, comme standardiste, utilisait la ligne de l'hôpital pour ses appels personnels, fournissait des réponses inadaptées aux patients perdus, s'en moquait bien, menacée de mise à pied, si elle persistait, blâmée pour des retards répétés, un absentéisme croissant.

Maria Bila n'était pas là pour les entendre, elle aurait été la première à signaler aux spécialistes des écoutes que le timbre de chacune des voix s'était de nouveau rapproché, se fondait en un ruban de paroles heureuses.

Les deux familles s'étaient extasiées de la facilité avec laquelle deux êtres étaient capables de se déprendre l'un de l'autre, elles auraient été effarées de les voir se reprendre à la vitesse de la lumière, question d'infime tonalité. Tout de suite à la bonne hauteur. Ils étaient bien.

Pas le droit de se parler ? C'était fait. Aucune conséquence ? Qu'est-ce qui les empêchait de se rencontrer ? Ce désir reculé de s'approcher aiguisait leur excitation. Vite, se retrouver. Où ? Pas un mot, pour l'instant, on était écouté. Ils n'avaient pas envie qu'on leur tombe sur le poil avant d'avoir eu le temps de braver tous les interdits à leur disposition.

L'occasion s'est imposée toute seule. Deux nouvelles convocations séparées pour le même jour, Iris, la première, à neuf heures, Blaise à quatorze heures, accompagnées de recommandations à l'allure de mises en garde.

Entre le rappel des règles à respecter, l'absence de communication avec un tiers, la liste des documents dont il faudrait se munir, ils étouffaient déjà.

Ils se sont empressés de dénigrer au téléphone les formulations administratives, qui devaient cacher bien plus grave. Ils sentaient, en arrière-plan, la présence d'indices concordants, encore une formule magique pour les envoûter.

Ils s'amoncelaient, les indices concordants ? Ajoutons-en quelques-uns pour que l'agent à l'écoute ne perde pas sa journée. Qu'est-ce que ça concordait entre eux, ils n'en avaient jamais eu aussi pleinement conscience que depuis qu'ils étaient convoqués, à en être pleinement heureux.

Ils étaient à la veille d'un bouleversement, il ne leur restait qu'à accorder leurs versions.

Où ? À l'endroit qu'on savait. Quand ? Dès que possible, quand la nuit serait tombée. Coupons les téléphones. Adieu les écouteurs.

Blaise Astor a garé sa Lexus en épi place du Panthéon, la seule place disponible, à cette heure tardive.

Iris Bila se faisait attendre. Elle aurait pris peur, renoncé, demandé conseil à sa sœur Maria ? Non, hors de question. Interceptée par des représentants de la loi, puisqu'elle se mettait une fois de plus hors la loi ? Dans ce cas, Blaise allait se faire embarquer dans les cinq minutes. Cette berline banalisée remontant au pas la rue Soufflot le pistait ? Elle contournait l'édifice par la droite.

Blaise reconnaissait que, pour empêcher deux individus de communiquer, il suffisait d'en soustraire un seul. Il s'apprêtait à prendre le risque d'appeler Iris, de la presser, de l'insulter sur son répondeur, s'il le fallait. Il serait localisé. Perdu pour perdu.

Une marche sourde, à l'arrière de la voiture, comme des talons robustes, au moins des bottes : Iris Bila portait des bottes, nouveau. De tels talons la grandissaient encore. Pas sûr que ce soit vraiment elle. Des cheveux plus longs, plus épais, mieux entretenus qu'à l'époque de leur vie commune. Ils se laissaient aller au bord de la Manche, reconnaissons-le.

Là, un large imper vert serré par une ceinture, rien de négligé, un col de trench. Une largeur d'épaules impressionnante, elle avait gagné en épaisseur, et ces coups de talon, un look et une autorité quasi militaires, il n'était pas sûr de la reconnaître, sauf à la voix, indiscutable.

Blaise Astor avait-il changé autant qu'elle ? Rasé, les cheveux au plus court, une autre tête, c'était juste, épaissi, mieux nourri forcément, une veste fourrée en plus. C'était idiot, elle le trouvait grandi, lui aussi. Des chaussures de sport à semelle épaisse. Ils s'étaient coulés dans le moule global, rien de grave.

Malgré tout, les transformations physiques introduisaient une étrangeté dérangeante. Un temps d'acclimatation plus long qu'ils ne l'avaient imaginé. Tomber dans les bras l'un de l'autre, comme ils s'y attendaient, pleine bouche, comme ils s'y étaient préparés, impossible, un reflux à la première approche, comme une frontière à ne pas franchir.

La gêne les déroutait, le signe d'un passif entre eux, leurs dernières phrases, des menaces qu'il ne suffisait pas de ramener à un jeu vicieux. Trop de vêtements neufs, ils y avaient enfoui leur corps. Effacée, la nudité entre eux. Il ne suffisait pas de le dire pour la retrouver.

Ne restons pas trop sur la voie publique, c'était elle qui nous imposait cette image impersonnelle. Ils s'en étaient débarrassés sur la Manche, elle les recouvrait de nouveau.

Explorons une nouvelle voie, une seule possible. La seule, oui.

Pour y accéder, ils étaient tributaires du code de l'immeuble. Pas facile d'éliminer tous les codes, il fallait s'y faire. Iris avait gardé celui-là en mémoire.

Tiens, pas de trou noir. Les numéros sont sortis de ses doigts sans qu'elle ait besoin de réfléchir.

L'escalier principal, il valait mieux l'éviter. Un œilleton à chaque porte, on se précipiterait pour les regarder, on les écouterait passer, la manie universelle.

Préférons l'escalier de service.

Au bout des cinq étages, un cran au-dessus, les combles aménagés. Il restait un niveau supplémentaire, le seul visé, l'évidence, sans avoir besoin d'en parler.

Cette lucarne rampante, au bout de l'étroit couloir bas, leur était réservée, avec son morceau de lumière. Il ne fallait pas être trop épais pour passer. Ces vêtements en trop, déposons-les, accrochons-les à cet extincteur. Blaise le premier, libéré de sa veste en mouton retourné.

Il s'est hissé à la force des bras, s'est infiltré dans l'étroite ouverture, a disparu à la vue d'Iris.

Elle a pris son temps, en bas, pour se défaire de son imper vert foncé. Blaise s'impatientait : son bras a surgi de la lucarne pour agripper la main d'Iris, puis son avant-bras, assurer sa montée, leur premier vrai contact physique rapproché, l'impulsion électrique se reproduisait.

Encore épaisse, Iris. Frileuse, elle avait conservé un autre vêtement chaud, dont Blaise aspirait la manche dodue, jaune.

Elle l'avait conservée, la doudoune jaune moutarde, frottée, à force, salie au poignet. Elle en faisait un signe de reconnaissance, l'art de renouer, main dans la main ? À moins qu'elle ne soit venue que dans le but, une nouvelle fois, de lui restituer son bien, avant séparation définitive ?

Cette ambiguïté permanente entre eux, ne jamais savoir s'ils étaient sur le point de fusionner ou de se quitter. Les deux à la fois, comme toujours.

Ne cherchons pas trop loin. La veste matelassée, d'abord le signe qu'il ne faisait pas très chaud. Encore moins sur un toit. Blaise allait s'en apercevoir, maintenant qu'il se retrouvait en pull de coton fin, pas à poil, guère mieux.

Iris s'est extraite de la lucarne. La dernière distance entre eux était abolie, serrés, serrés, mollesse et tiédeur. N'y mettons pas trop d'énergie, une gouttière en zinc pouvait être bien accrochée, le poids et le mouvement de deux corps menaçaient de la détacher de ses fixations.

Ils ont rampé sur la pente du toit, jusqu'à sentir un rebord plan en ciment, support de deux cheminées fumantes. Un frisson partagé, mauvais souvenir, des cheminées. Au moins, ici, elles n'étaient pas exposées au vent du large. Comptons sur le syndic de copropriété pour l'entretien des joints et des conduits.

Besoin d'un abri, pour commencer, s'adosser à celui-là, dégageant un rien de chaleur, surtout à la hauteur d'une fissure qu'il conviendrait de signaler. Pelotonnons-nous dans ce creux. Pas facile à prononcer, pelotonnons-nous. Préférons pelotons-nous, plus simple. Un mot en entraînait un autre, un désir un autre, une caresse une caresse. Pas trop vite, adaptons la gestuelle, travaillons les souvenirs.

Ils s'étaient écorché les genoux en d'autres lieux, l'amour sanglant leur collait à la peau. Là, c'était déjà fait, une paume pour se raccrocher aux briques, bout de peau arraché, talon forcé pour freiner une glissade mal engagée, un échauffement douloureux. Le sexe sur un toit n'était pas donné. Sans agitation, plaisir atone, trop d'agitation, casse-gueule.

Obligés de garder la mesure, s'ils ne tenaient pas à attirer trop vite l'attention des deux, puis trois passants, qui descendaient, remontaient la rue Soufflot. Tous repliés sur eux, disons penchés sur leur smartphone, une chance.

Imaginons qu'ils le lèvent vers le ciel et captent la scène en cours là-haut, les deux zigotos en mouvement sur un toit, c'était perdu, bientôt les camions de pompiers, la grande échelle. Blaise Astor et Iris Bila connaissaient la suite. Ils n'en voulaient pas.

Qu'est-ce qu'ils voulaient ? Ils n'en savaient rien.

Pour cette raison qu'ils avaient fait cette ascension, trouver ce qu'ils ne savaient pas. Ou comprendre ce qu'ils voulaient.

D'abord échapper à. De ça, ils étaient sûrs. La gêne avec les compléments, endémique dans la famille Bila. Alors échapper à quoi ? Toute l'histoire.

Ils s'installaient confortablement au pied de leurs cheminées, mesuraient du regard leur périmètre réservé, dans l'alignement des fenêtres de toit.

Iris Bila avait tout prévu, une bouteille de gin bien aromatisé selon son goût et un gros sac de cacahuètes luisantes, de quoi tenir contre la baisse de la température nocturne.

Le froid était plus mordant que prévu, attaquerait la peau exposée, s'ils restaient immobiles. Il était permis, pour se réchauffer, de se dégourdir les jambes sur ce rebord en ciment longeant le toit, assez large pour accueillir un pied moyen.

Le plus délicat était de se lancer. Qui le premier ? La première ? Qu'Iris montre à Blaise le parcours. Elle en avait l'expérience, un avantage notable. Une allusion malsaine ? Pas d'hypocrisie, ils savaient qu'ils avaient besoin de se retrouver à cet endroit fondateur, pour des raisons différentes sûrement, opposées peut-être, trop tôt pour le dire.

Blaise admirait sans inquiétude les évolutions d'Iris, le pas ferme, après avoir ôté ses bottes, pour mieux sentir le grenu du ciment sous la plante des pieds, demi-tour au bout, jusqu'au retour dans ses bras. Un mannequin de Saint Laurent en plein défilé de mode.

Son tour à lui, à bonne allure, et jusqu'au bout, s'il en avait le cran. Il l'avait, se rasseyait, défiait Iris, puis défié par elle, un va-et-vient de plus en plus périlleux.

C'était un jeu et ce n'était pas un jeu. Ils s'encourageaient de la voix, plus vite, ou, au premier ralentissement, laissaient filtrer une moquerie.

Cela devait arriver. Blaise Astor s'engageait pour la troisième fois sur ce qu'ils commençaient à appeler la piste. Cinq pas, six pas, de plus en plus vifs. Ce n'était pas qu'Iris le forçait, comme il ne l'avait pas poussée à courir, du moins c'est ce qu'ils avaient pensé.

Au septième pas, l'emballement, un effort de tous les muscles pour bloquer les doigts de pieds. Et là, la paralysie musculaire, suivie du vertige. Il aurait dû se méfier, cette sensation, il l'avait déjà éprouvée, fugitive alors, en inspectant la cheminée, au sommet de la maison sur la Manche.

Il s'est accroupi, dans la terreur du vide, puis assis sur le rebord, les jambes ballantes, le regard fixe.

Iris Bila l'a rejoint, lui a demandé s'il était capable de se relever. Il a obéi, comme si elle lui en avait donné l'ordre. Le sentiment de déséquilibre le reprenait, il s'est accroché à elle. Elle résistait pour le stabiliser. Leur étreinte s'est transformée en un mouvement pendulaire propre à les culbuter tout en bas.

À force, elle a connu un flash vertigineux à son tour. Et si Blaise jouait la comédie. Et s'il l'avait attirée à lui. Et s'il l'embarquait. Et s'ils se lâchaient. Et s'ils décidaient de s'accompagner. Et s'ils se laissaient aller. Tout à la fois, de quoi s'y perdre.

L'oscillation, ils ne savaient pas comment c'était possible, s'atténuait, un temps fou avant le repos total. Dressés l'un contre l'autre, accolés, ils s'étayaient enfin. Les doigts de Blaise Astor s'enfonçaient dans la mollesse de la veste matelassée, y laissaient des marques profondes, comme dans de la chair, à croire qu'ils ne pourraient jamais se desserrer.

Elle l'a incité à s'accroupir avec elle en douceur, arrêtons ces courses idiotes sur un toit. On avait quel âge ? Évitons tout nouveau mouvement hasardeux, le temps d'un retour au calme. Mangeons ce que nous avons sous la main. Buvons une gorgée de gin au goulot.

Pas très malin, de l'alcool pour garantir son équilibre, on avait fait mieux. Ils étaient déjà allés assez loin, ils se testaient encore.

Ils ne se lâchaient pas, besoin de se protéger, de se réchauffer, de s'envelopper dans la doudoune jaune moutarde, chacun sa manche, à la limite d'en faire craquer une ou les deux.

Besoin de se parler aussi, de se dire ce qu'ils ne s'étaient jamais dit. Qu'ils n'avaient jamais été personne, sauf ensemble. Ensemble, ils n'étaient pas deux, ils étaient quelqu'un.

Pas deux, quelqu'un.

C'était ce que tout le monde voulait leur retirer.

Ils occupaient un toit sans déranger personne. Les pigeons, les moineaux, les corbeaux se les offraient tous, personne ne pensait à leur en faire le reproche.

Bien sûr, en arrière-fond, il restait le trou noir d'Iris. Blaise ne tenait pas à lui faire avouer qu'elle était remontée avec lui pour l'effacer ou pour le reconnaître. Il n'allait surtout pas lui désigner la fenêtre suspecte, soupçonner le fantôme de N.A. ou de n'importe qui d'autre. Ils avaient dépassé tout ça, depuis qu'ils étaient devenus quelqu'un.

Pas deux, quelqu'un.

La folie de tout savoir était réservée à la police, à la justice, aux familles, pour les détruire. En savoir trop, ce serait les liquider. Ils n'étaient pas montés si haut pour si peu.

Ils se sont serrés encore plus fort, jusqu'au craquement de la manche gauche, côté Iris, installés les jambes libres, comme sur un parapet en limite de plage. Vue dégagée sur le large, la houle couleur zinc, la belle vie. Ils n'avaient jamais été si bien tous les deux.

Pas deux, quelqu'un.

Blaise Astor se décidait à sortir le visage du cou d'Iris Bila, pour affronter le vide en toute tranquillité. Deux jeunes gars prenaient la rue Soufflot en travers, sans regarder à droite ni à gauche, sûrs de leur destin, une canette à la main.

Le plus petit a arrêté l'autre au milieu de la rue. Est-ce qu'il voyait ce qu'il voyait, tout en haut ? Des couvreurs sur un toit à cette heure ? La tenue de travail ne collait pas. Cette tache jaune, bizarrement placée, la lune se levait ? Ils rigolaient. Qu'ils la montrent mieux, leur lune, là-haut. Sûrement des malades qui faisaient la fête sur un rooftop, mais sur un rooftop qui ne ressemblait à aucun rooftop. Casse-gueule, le rooftop, s'ils voulaient baiser en plein air, ces deux-là. Des acrobates, ces malades. Les gens étaient vraiment prêts à faire n'importe quoi.

Blaise Astor voulait les rassurer, il leur a adressé un signe amical, en levant la bouteille de gin à leur intention, le geste de celui qui trinquait à leur santé, avant d'avaler une rasade.

Les deux autres, en réponse, ont levé leur canette, la fraternité rigolarde des buveurs, avant de s'engager sur la place du Panthéon.

C'est venu de loin, étouffé d'abord, montant en puissance, des hauteurs de son alternées, bien identifiables, un mélange de sirènes de pompiers, prolongées, et, en arrière-plan, hachées, celles de la police.

Déjà ? Les deux buveurs de canettes auraient eu la présence d'esprit de leur envoyer des secours qu'ils ne réclamaient pas ? Ou des voisins invisibles, cachés derrière leurs fenêtres, comme le premier jour, les auraient dénoncés, prenant leurs évolutions pour les approches d'une bande de voleurs. Voleurs… Pas loin de la vérité, ces trouillards. Non, très loin de la vérité, ces malveillants. Trouillards et malveillants, aucune différence de nature.

Iris et Blaise cherchaient à leurs pieds la foule des trouillards malveillants qui aurait dû se constituer en bas et tendre vers eux leurs smartphones allumés. Le seul piéton visible leur tournait le dos et accélérait le pas vers le jardin du Luxembourg.

Dernière possibilité : ils étaient vraiment sur écoute. Délire personnel ? Ils n'étaient pas à un délire près. Le délire de persécution ajouté à tous les délires que Maria Bila leur prêtait depuis le début leur allait très bien.

Des moyens sophistiqués d'investigation permettaient probablement de les suivre à la trace et de vérifier que leurs téléphones envoyaient des signaux simultanés à un seul relais.

Sans enfreindre l'obligation de ne pas entrer en contact l'un avec l'autre, puisque leur statut ne l'exigeait pas, leur rencontre constituait un défi aux autorités. D'ailleurs, leur statut était à coup sûr en cours de modification, on se dépêchait de venir les cueillir, pour les en avertir et les séparer. Quoi qu'ils fassent, ils contrevenaient à. À quoi ? Ils contrevenaient.

Se sentir visé par la remontée lente et à présent silencieuse d'un véhicule rouge depuis le boulevard Saint-Michel, ce n'était pas être trop parano. La voie était libre, les pompiers n'en prenaient pas moins tout leur temps, attendant, comme on pouvait l'imaginer, les consignes de la police encore invisible, dont les sirènes se faisaient entendre par intermittence, tantôt par en haut, tantôt par-derrière. Les prémices d'un encerclement pour des cerveaux paranoïdes.

Ce serait bientôt fini, levons-nous et serrons-nous encore plus fort. La manche droite de la doudoune a craqué. Ils n'ont pas pu s'empêcher d'en rire. Si on ne les avait pas encore repérés, ce serait vite fait.

Rire dans les circonstances, encore une bonne raison de se faire cataloguer comme deux dingues.

Il leur restait quelques minutes pour faire ce que d'ex-témoins, bientôt ou déjà suspects, n'avaient pas le droit de faire, accorder leurs versions. À supposer qu'ils aient des versions contradictoires, des versions tout court.

Ils plaideraient le trou noir, comme tous les accusés de la terre.

Comme ils étaient partis, ils filaient tout droit vers un nouveau trou noir, non ?

Leurs courses régulières sur les côtes de la Manche, rien à voir avec des vols, c'était comme aller à la pêche pour se nourrir ou cueillir des fruits le long de la route. Combien faisaient comme eux, bien obligés ?

Les accusations ne porteraient pas sur cette question trop commune, trop futile, sauf pour charger la barque.

Alors, quoi ? Avoir volontairement tardé à appeler à l'aide, au moment du dernier malaise de M. Bila ? Un service qu'Iris lui avait rendu, la dernière liberté octroyée par une fille à son père, personne ne devait trouver à y redire.

Ne nous voilons pas la face. L'ultime trou noir, le plus sérieux, le seul justifié aux yeux de tous, la mort violente d'un chef d'entreprise, le pillage et le saccage de son bureau.

Sur ce sujet, il n'était pas sans importance d'accorder leurs versions.

Iris Bila a glissé à Blaise, sous la chaleur de la doudoune jaune, qu'elle n'était pas loin de penser que l'assassinat de Clément Astor, c'était lui. Mais qu'elle ne voulait pas le savoir.

Marrant, Blaise Astor, une fois de plus, ne pensait pas autrement : si c'était elle, Iris, aidée par un tiers ou non, qui avait démoli son frère, comme il en était convaincu, sans lui en vouloir, il préférait ne pas le savoir.

Ce serait leur version devant les flics, demain, mot pour mot, pour les ridiculiser tous. Ils en riaient d'avance.

On allait encore leur dire qu'ils étaient bien trop dérangés. On s'en arrangerait.

Dans les circonstances, étrangement, on en était tous là, à se perdre, à bifurquer au mauvais endroit, à ne plus être capables de s'y retrouver. Dans les circonstances.

La sirène des pompiers a relancé ses notes prolongées de soprano, au moment où le camion abordait le virage de la place du Panthéon, sans s'arrêter. Celle de la voiture de police invisible restait à peine audible. Si, en tendant l'oreille à gauche, vers les cheminées, de l'autre côté, rue Saint-Jacques ou rue des Fossés-Saint-Jacques.

Ils imaginaient des brutes athlétiques et armées, passant de toit en toit, pour tenter de les surprendre par-derrière. Le stade ultime de la paranoïa ? Non, un vœu, pour se donner du courage.

Les sirènes s'étaient tues. Ça ne prendrait pas avec eux.

Ils ne se laisseraient pas faire.

Personne ne viendrait les arrêter.

S'ils décidaient de voler, ils voleraient.

Personne ne les arrêterait.

Cet ouvrage a été mis en pages par

<pixellence>

N° d'édition : 638711-0
Dépôt légal : janvier 2025
Achevé d'imprimer en novembre 2024 en Espagne par Liberdúplex